Newton Compton Editores

Título original: *Boy 30529. A Memoir*

© 2013, Felix Weinberg. Publicado por primera vez por Verso,
un sello de New Left Books.
© 2024, de la traducción por Raúl Rubiales Muñoz de León
© 2024, de esta edición por Antonio Vallardi Editore S.u.r.l., Milán

Todos los derechos reservados

Primera edición: octubre de 2024

Newton Compton Editores es un sello de Antonio Vallardi Editore S.u.r.l.
Pl. Urquinaona, 11, 3.º 1.ª izq. Barcelona, 08010 (España)
www.newtoncomptoneditores.com

Gruppo editoriale Mauri Spagnol S.p.A.
www.maurispagnol.it

ISBN: 978-84-10080-00-3
Código IBIC: FA
DL: B 14.048-2024

Composición:
Sergi Godia

Diseño de interiores:
David Pablo

Impreso en octubre de 2024 en Puntoweb s.r.l., Ariccia (Roma), en Italia.

Felix Weinberg

Niño n.º 30529
Una historia real

Traducción de Raúl Rubiales

Newton Compton Editores
Barcelona, 2024

*En recuerdo de mi maravillosa madre,
de mi hermano pequeño y de los demás miembros
inolvidables de mi familia que perecieron bajo
las condiciones degradantes y miserables
de los campos de concentración nazis.*

Introducción

A mediados de los noventa, nuestro pequeño equipo de investigadores del Museo de la Guerra Imperial estaba haciendo todo lo que podía para la exposición sobre el Holocausto que se estaba organizando en aquel momento con motivo del cercano inicio del nuevo milenio. Fue una época bastante ajetreada y tensa. Estábamos intentando, con algunas dificultades, reunir una colección de artefactos para las vitrinas, y, cada vez que alguno de los investigadores volvía de visitar a algún superviviente con una reliquia de los campos de concentración en las manos, nos parecía que estábamos un paso más cerca de completar nuestra exposición.

Recuerdo un ítem particularmente inusual: una chaqueta de cuero raída. Cuando llegó al despacho del proyecto iba acompañada de una descripción que había dejado escrita su donante, el profesor Felix Weinberg, y que rezaba: «Cedida permanentemente, aunque sin autorización, por uno de los difuntos guardias de Buchenwald».

La chaqueta «liberada» de las SS se dispuso diligentemente en la exposición sobre el Holocausto y a su debido tiempo conocí en persona a Felix Weinberg y a su esposa Jill. Descubrí que nuestro donante, que había nacido en Checoslovaquia, era un eminente profesor de física en la Universidad Imperial de Londres y me paré a pensar durante un instante cómo lo había hecho para conseguir terminar ese largo viaje; había pasado de ser un niño superviviente de varios campos de concentración a un eminente profesor de ciencia. El catedrático Weinberg me mencionó que había llevado puesta la chaqueta del guardia de las SS durante muchos años mientras iba por Londres montado en su moto, y recuerdo que pensé en ese instante que eso denotaba una actitud admirablemente desafiante hacia su pasado como cautivo.

Varios años después, en 2011, Felix Weinberg se puso en contacto conmigo de nuevo. El profesor había llegado a la conclusión de que le debía a su familia dejar por escrito lo vivido durante su infancia. Me sorprendieron varias cosas: la primera, que Felix tiene una capacidad extraordinaria para recordar y por ende el poder de transportar al lector a su mente de adolescente, en la que la inquietud de investigador ya estaba echando raíces. La habilidad de resucitar su entusiasmo juvenil por cómo funcionan las cosas, revestida con la sabiduría que le otorgaron los años posteriores y una considerable conciencia de sí mismo, hace que sea una lectura especialmente interesante y original.

La segunda, lo importante que fue la «capa protectora» que le brindaron a Felix Weinberg en sus primeros años de vida para sobrevivir a los campos de Terezín, Auschwitz-Birkenau, Blechhammer, Gross-Rosen y Buchenwald. Un padre al que le encantaba jugar con sus dos niños y una madre con una habilidad instintiva para infundir alegría en la vida de sus hijos: esas fueron las fuentes inagotables de las que sacó fuerzas Felix durante los dos años y medio que estuvo en cautividad. Era insoportable soñar con su vida pasada –enriquecida con unos abuelos cariñosos, travesías en barco de vapor por el Elba y excursiones en carruaje tirado por caballos– y despertarse en el hedor y la miseria de los bloques del campo de concentración. Pero fueron esos recuerdos, junto con un buen estado físico fruto del azar, procedente de tener un padre fanático del deporte y de la nutrición, los que permitieron al joven Felix sobrevivir.

El hambre, el maltrato y finalmente el traumatismo acaecido durante el bombardeo de los Aliados dejaron a Felix «medio vivo» al final de la guerra. Sus capítulos conclusivos muestran sin tapujos aspectos de la liberación de los campos que no había oído nunca. En el «interregno del salvaje oeste» que tuvo lugar antes de que llegaran las organizaciones que podían ofrecer una salvación real, hubo testigos de niños supervivientes que se volaban los sesos con las armas que se agenciaban del arsenal que los nazis dejaban atrás. Las escenas prácticamente apocalípticas que presenció Felix en ese punto, y sus trágicas consecuencias, se quedaron gravadas en su retina para siempre.

Revisitar el pasado de esta manera no debe de haber sido una tarea fácil. Todas aquellas personas que se

preocupan por documentar fehacientemente esta horri-
pilante etapa deben estar agradecidas a Felix Weinberg
por aportarnos este relato esclarecedor y sumamente
inspirador.

Suzanne Bardgett, directora de investigación
Museo de la Guerra Imperial
Septiembre de 2011

Prólogo

Una decisión difícil

La habitación para los miembros de la Royal Society de Londres se asoma a la avenida Mall y a las hileras de preciosos árboles que resiguen el contorno del parque de St. James, entre el palacio de Buckingham y el Admiralty Arch. He vuelto a calcular erróneamente el tiempo que tardo en el transporte público y he llegado demasiado pronto para una reunión, así que decido esperar en una habitación con buenas vistas, sillas acolchadas, café y acceso a internet. Me gustaría trabajar aquí más a menudo. En esta ocasión me queda algo de tiempo libre para pensar y tengo por delante una decisión que tomar de lo más difícil. Tras haber pasado los últimos sesenta y cinco años de mi vida intentando eliminar de la memoria las experiencias que viví como adolescente en Auschwitz y en otros campos de concentración nazi, ahora me veo en la tesitura de decidir si tal vez les deba a mi familia y a otras personas dejarlas por escrito.

Este asunto rara vez se mencionó en mi familia. En gran medida debido a Jill, mi querida esposa, quien cuidó de mí y de nuestros tres hijos con devoción hasta que murió en enero de 2006, dos años después de nuestras bodas de oro. Probablemente le traumatizó mi comportamiento durante las pesadillas que me acechaban en nuestros primeros días juntos y se propuso con determinación evitar que los niños se obcecaran con ese asunto. El cuento de que papá tenía tan mala memoria que debía llevar su número de teléfono tatuado en el brazo no duró demasiado, pero estableció un patrón. De hecho, no me habría importado hablar sobre lo que había ocurrido, pero hallé conveniente aceptar esa norma por una razón muy distinta: no quería definirme como un «superviviente de los campos».

Me quedo sopesando si puedo encontrar el tiempo, teniendo en cuenta todos mis demás compromisos, para la que será la tarea más dolorosa y desgarradora de mi vida. Aun así, me parece correcto que mis hijos tengan la oportunidad de saber más sobre su maravillosa abuela y demás miembros de la familia a los que no conocieron. Tengo ochenta y dos años. Si no empiezo ya, este trabajo no verá jamás la luz.

De pronto me viene a la mente que el edificio en el que estoy está poseído por algunos de los fantasmas que merodean por mi mente y miran por encima de mi hombro mientras intento decidirme. Hasta el año 1938, al menos una parte de esta gran construcción alojaba la embajada alemana. Tengo la inquietante sensación de que podría estar tranquilamente sentado en el mismo sitio donde, hace setenta años, Joachim von Ribbentrop, el ministro de Asuntos Exteriores y embajador en el Reino Unido de Hitler, urdió los planes que destruirían millones de vidas, incluyendo aquellas de mis allegados más cercanos y queridos.

El 16 de octubre de 1946, Ribbentrop fue el primer político nazi al que colgaron tras los juicios de Núremberg, algo que todo el mundo ya anticipaba; a mí me pareció correcto y justo. Lo que no fue en absoluto predecible es que yo sobreviviera y ya estuviera en el Reino Unido por aquella fecha. Eso fue posible gracias a una serie de eventos que casi podríamos definir como milagros, que he especificado en las siguientes páginas.

PRIMERA PARTE

Niñez

Capítulo 1

Los años dorados

Tengo en mi posesión una foto de hace muchos años de la boda de mis padres –Victor Weinberg, veintinueve años, soltero de Aussig, casado con Nelly Maria Altschul, veinticuatro años, soltera de Praga–. La fecha está escrita con tiza en la puerta de la sinagoga con letras ornamentadas. Yo nací el 2 de abril de 1928, exactamente nueve meses después de esa fecha, como corresponde a nuestra bien regulada vida familiar. Me pusieron de nombre Felix George, aunque nadie me ha llamado nunca por el segundo. Cuando llegué al Reino Unido, diecisiete años después, había renegado de cualquier cosa alemana y pronunciaba mi segundo nombre como Jiří, que es George en checo. No hubo vuelta atrás después de haber publicado algunos artículos y libros bajo las iniciales F. J.

La decisión tuvo como resultado que ahora tenga un segundo nombre que a mis seres queridos les cuesta horrores pronunciar.

Tuve una niñez muy feliz. Llegó a su fin demasiado pronto y demasiado abruptamente, gracias a Adolf Hitler, aunque creo que lo que más pesa son los primeros años. Proveyeron a mi mente de una capa protectora de seguridad y alegría, a la que pude recurrir para sacar fuerzas en tiempos de adversidad. Ese es el motivo por el que los niños procedentes de familias disfuncionales rara vez consiguen prosperar, según mi punto de vista. Mi capa protectora estaba bien equipada con recuerdos acogedores y la certeza de haber sido muy querido y valorado.

Los recuerdos que guardo de mi niñez están influenciados en gran medida por haber tenido que mudarnos con frecuencia de una casa a otra. Durante los primeros años de mi vida, mi padre, químico industrial de profesión, regentaba su propia fábrica en un sitio pequeño cerca de Aussig (Ústí nad Labem en checo) llamado Türmitz (Trmice). Lo poco que sé de ese lugar deriva enormemente de las impresiones que extraigo al mirar algunas fotografías antiguas. Preeminentemente, me viene a la mente la visión de dos grandes pastores alemanes. De hecho, mi primer recuerdo es de dos grandes hocicos de perro babeantes, atestados de grandes dientes, que se asomaban a mi cochecito. Se trata de un único instante retrospectivo; supongo que el miedo a estar a punto de ser devorado dejó una impresión en mí que permaneció en mi mente desde una edad muy temprana.

También recuerdo a mi niñera ataviada con algún tipo de vestido de enfermera mientras empujaba mi cochecito. Una alternativa bastante más plausible, tras comprobar el aspecto que tenían tanto ella como el cochecito en las fotografías, es que mi mente fabricara ese recuerdo. Mis primeras remembranzas coherentes, sin embargo, datan del tiempo después de habernos mudado a mi «casa de verdad», una casa grande que se alzaba por encima de la plaza adoquinada del mercado que había en el centro de Aussig. La vivienda era propiedad de mi abuelo, creo, que vivía en el piso encima del nuestro con su hija divorciada, Else, la hermana mayor de mi padre. Nosotros estábamos en el tercer piso. Había un ascensor y los restos de unos raíles de lo que debía de haber sido una pequeña vía férrea que cruzaba el arco de la planta baja de la casa que daba al patio y al despacho de mi abuelo, quien regentaba un negocio de producción agraria.

Todos los sábados eran día de mercado y la plaza entera se cubría de puestos con sombrillas. Cada semana, mi abuelo iba al mercado y compraba una paloma para mi cena.

Recuerdo la disposición de nuestro piso con un largo pasillo al que daban las habitaciones. Los dormitorios estaban al final, con un balcón que tenía vistas al patio donde tenía mi abuelo su despacho. Más allá del patio se extendía la terraza de un *pub* en la que despuntaban unos frondosos castaños. En las noches de verano, cuando dormíamos con las ventanas abiertas, el sonido profundo del bajo de una banda que tocaba en la posada era mi nana nocturna. En la otra punta del pasillo había dos habitaciones elegantes adyacentes que daban a la plaza. Un gran piano destacaba en una de ellas, y me permitían practicar con él, normalmente acompañado de mi madre. La otra estaba llena de pinturas, porcelana frágil y otros artículos de arte y la tenía vetada, excepto cuando se usaba para entretener a invitados o en ocasiones festivas.

Mi madre y su adorable nariz.

En ángulo recto al largo pasillo se podía acceder a otras estancias desde el salón central. En una punta había una habitación donde mi madre hacía sus grabados. También contenía un enorme gramófono, igual que los de la marca HMV, solo que sin el perro del logo. En la parte opuesta estaban la cocina y la despensa; el dominio de Marie, nuestra cocinera. Marie tenía dos discapacidades: un gigantesco bocio y el hecho de que fuera madre soltera. De estas dos, la segunda era la aflicción más grande. Aquella parte de Bohemia debía de ser una zona en la que escaseaba el yodo, ya que las paperas no eran tan inusuales. La sal yodada llegó mucho tiempo después. Tener un hijo extramatrimonial, por otro lado, era un estigma terrible, y Marie siempre mostró su más profundo agradecimiento a mi padre por haberle dado trabajo a tiempo completo y concederle días libres para que pudiera estar con el pequeño Rolli (diminutivo de Roland). Ocasionalmente podía traerlo a nuestra casa. Sospecho que de otro modo no habría podido quedarse con él.

La ventana de la cocina daba al patio de luces, que no era accesible desde nuestro piso. Se veía la parte de arriba de un antiguo hueco de ascensor cubierto por un cristal, algo que me aterrorizaba debido a una historia sobre una criada que había hallado la muerte al caerse a través del cristal. El evento más emocionante que ocurrió jamás en aquella cocina fue cuando mi madre encendió un fuego que al final requirió la atención de los bomberos. Estaba fundiendo cera para sus grabados al aguafuerte. La calentó demasiado y prendió en llamas.

Mi madre, que evidentemente tenía muy pocos conocimientos científicos, intentó apagarlo echando agua sobre la sartén, lo que la convirtió en un lanzallamas y ocasionó que la conflagración se esparciera por el resto de la cocina. Está claro que la llegada de los bomberos con sus aparatosos cascos me dejó una impresión que recordaría toda la vida.

Varios recuerdos se congregan en mi habitación: el primero es el de morderle a mi madre en la nariz lo suficientemente fuerte como para que sangrara. Esa preciosa y adorable nariz estaba justo enfrente de mi cara mientras me estaba vistiendo, así que le di un bocado, incitado por el más puro afecto. Me temo que recibí un bofetón como respuesta, aunque mayormente se tratara de un acto de autodefensa y conmoción por su parte. No tuve la oportunidad de explicarle que todo había sido un acto de puro amor.

Un incidente más serio tuvo que ver con la lámpara de mi mesita de noche, que tenía una tulipa de metal con un canto muy afilado. Acabábamos de llegar de vacaciones y estaba muy cansado. Una ruidosa tormenta restallaba esa noche y tuve una pesadilla. Soñé con algo que acababa en una explosión, con un destello y un estruendoso impacto. Me incorporé de un salto, con el trueno todavía retumbando en mis oídos, y me corté el párpado con la afilada tulipa; hoy en día todavía tengo la cicatriz. Recuerdo que mis padres llegaron a toda prisa, y lo horrorizado que estaba mi padre al ver la sangre que se derramaba desde mi párpado hacia la mejilla, pensando que había perdido un ojo. Este percance me dejó claro que los sueños son algo instantáneo, ya que mi cerebro solo necesitó el momento del centelleo del relámpago para dar vida a mi pesadilla.

Durante las vacaciones solíamos ir a visitar a los padres de mi madre en Praga. Estas expediciones requerían de mucha planificación, si no recuerdo mal, y suponían que todo el personal preparara los baúles con al menos unos cuantos días de antelación. Nos quedábamos durante una o dos semanas por las fiestas navideñas, a excepción de mi padre, que tenía que volver al trabajo. Un taxi nos llevaba a la estación, aunque en realidad estaba a poca distancia a pie. Las distancias, en general, parecen haberse encogido desde aquellos días; me quedé completamente pasmado cuando regresé de visita, después de la guerra, y descubrí que Praga apenas estaba a poco más de cien kilómetros de Aussig y que se podía hacer el viaje en autobús en dos horas. Quizá se necesita calibrar las dimensiones teniendo en cuenta la altura que tiene uno.

Praga fue la primera gran ciudad que pisé, y sigue siendo, según mi opinión, la más bonita del centro de Europa. El piso de mis abuelos estaba situado en una gran casa (una embajada, según la última vez que lo miré) delante de un parque, justo al girar la esquina desde la plaza principal (Wenceslas). ¡Nunca había visto antes anuncios de neón que se movían! Recuerdo uno que era multicolor en el que se veía a un granadero que disparaba un cañón y cuyo proyectil explotaba después de dibujar una trayectoria tan larga que ocupaba todo el largo de la plaza. El estallido revelaba una lata de un conocido

25

En el balcón del piso de mis abuelos con mi hermano, haciendo ver que leo un periódico prestado a través de unas gafas prestadas.

abrillantador para botas. Había un restaurante famoso especializado en pescado (el Ryba; seguía allí después de la guerra) con un escaparate enorme que era un acuario gigante.

Las visitas a mis abuelos eran pura magia. Su piso era palaciego y ornamentado, lleno de pinturas, objetos de arte de gran valor y adornitos victorianos. Mi abuela era preciosa e iba siempre engalanada con joyas. Mi abuelo tenía el suficiente tiempo libre y dinero como para darse el capricho de tener una gran variedad de aficiones. Construía radios en una época en la que eso era algo bastante inusual. Tenía una cámara de cine y un proyector y nos hacía representaciones de las primeras películas que habían salido y de dibujos animados, como Félix el gato. En invierno nos enfrascábamos en batallas de bolas de nieve en el parque justo delante de la puerta. El piso presumía de poseer lo que debió de ser uno de los primeros refrigeradores, operado con una pequeña llama de gas. En el cuarto de baño había una estufa eléctrica que se encendía automáticamente cuando se prendía la luz. Para mí la casa era como un castillo encantado.

Cuando tenía tres años y pico, dejé de ser el centro de atención en mi casa porque nació mi hermano pequeño. Mi padre, con su origen alemán, debió de ser el responsable de que mi hermano se acabara llamando Hans Gerhard, sacado directamente de *Los nibelungos*. La traducción estricta de Hans al checo es Hanuš (que es como aparece su nombre ahora en los documentos de archivo), pero su nombre era Jan en checo y nosotros le llamábamos Jeníček, que es el diminutivo. Era un pequeño bebé encantador y a mí me llegaron otras compensaciones por haber sido destronado. La política familiar era tener un árbol de Navidad con los regalos debajo de él cada diciembre durante los primeros cuatro años de la vida de un niño antes de cambiar a la Jánuca (ese era más o menos el límite en cuanto a nuestro cumplimiento religioso). Mi hermano trajo consigo una prórroga de tres años de celebrar las Navidades.

Creo que mi hermano tuvo una nueva niñera al mismo tiempo que a mí me asignaron una Fräulein –o más bien una Slečna–, una joven dama checa muy encantadora que acababa de obtener su diploma como profesora. (Slečna equivale a «señorita», pero de alguna manera ni «niñera» ni «institutriz» ni «aya» acaban de encajar del todo con el concepto). Ni siquiera estoy seguro de que hablara alemán. Sospecho que la idea era obligarme a hablar en checo la mayor parte del tiempo, como preparación para la escuela. Éramos bilingües (mis padres también hablaban francés e inglés; mi conocimiento del inglés se limitaba a una única frase: «¡No delante de los niños!», generalmente pronunciada en un tono de voz bastante elevado y asociada a las discusiones parentales). En 1932, cuando los ciudadanos de los Sudetes tuvieron que elegir, mis padres optaron por la nacionalidad checa, aunque el nivel de competencia de mi padre en ese idioma nunca fue perfecto.

Quizá deba remarcar que bajo el mandato de Masaryk, el primer presidente y fundador de Checoslovaquia –un dirigente de Estado ilustrado, sociólogo y filósofo–, el país se convirtió en una democracia verdadera. Murió

Con mis abuelos en el jardín de su casa de verano en un suburbio de Praga.

Hermano mayor y hermano pequeño de vacaciones.

cuando yo tenía siete años y fue reemplazado por Beneš, un hombre que, aunque no fue tan aclamado como su predecesor, era igualmente decente. Considero que es una gran tragedia que este régimen benevolente existiera durante solo veinte años. Aun así tuve la fortuna de que mi niñez coincidiera con la segunda mitad de ese periodo liberal, que fue suprimido de los libros de historia por el régimen comunista de la Guerra Fría.

Aussig era una ciudad bastante grande, quizá la tercera más densamente poblada de Bohemia, con cuarenta y cuatro mil habitantes por aquel entonces. Aunque estaba industrializada, la rodeaba el más bonito de los paisajes rurales. El río Elba, bordeado por viñedos (¡*Weinbergs!*), y ruinas de castillos en la cima de los riscos dominan los recuerdos de mi idílica infancia. Es donde aprendí a nadar y donde pasábamos los fines de semana de verano, viajando en barco de vapor hacia un conjunto de pequeños enclaves turísticos. Cada uno de ellos tenía una taberna al lado de un muelle cuya cafetería se especializaba en algún tipo de postre en concreto. Nuestra familia, amigos y parientes se sentaban a tomarse el café y los pasteles, que eran la especialidad local, mientras mi padre iba a dar un largo paseo; cuando fui un poco mayor, me arrastraba con él.

Decir que me arrastraba me recuerda un episodio doloroso, cuando se me enredó el sedal de uno de los muchos pescadores que se repartían por la margen del río. Vi el sedal serpenteando por la hierba, así que lo cogí felizmente, ajeno al pescador que se paseaba un poco más adelante y que sujetaba la caña de la que arrastraba el hilo. La inevitable consecuencia fue que el hombre descubrió que había pescado, enganchándole el dedo con el anzuelo, a un chiquillo que chillaba a pleno pulmón y que corría detrás de él tan rápido como sus rechonchas piernecillas se lo permitían. Recuerdo este incidente mayormente porque a mi madre le pareció tan irresistiblemente graciosa la escena que, en vez de apresurarse a mi rescate, se estuvo desternillando, tras lo cual la llamé «vaca tonta», un apelativo que no fue recibido con la comprensión empática que merecían las circunstancias, bajo mi punto de vista.

En invierno íbamos a esquiar. Me dieron mis primeros esquís a los cuatro años. Las pistas de esquí artificiales más cercanas estaban al final de la línea del tranvía que pasaba cerca de casa, en un lugar llamado Telnitz. Los fines de semana nos permitían ponernos los esquís en el tranvía y creo que el viaje duraba poco más de media hora desde nuestra casa. A veces nos embarcábamos en excursiones para esquiar un poco más lejos y nos hospedábamos en cabañas en las montañas. Me encantaban los bosques cubiertos por completo de nieve. El único problema que teníamos era que mi padre era un esquiador excelente y sin un ápice de miedo, unos atributos que, siendo sinceros, no se podían aplicar al resto de la familia. Las expectativas que tenía él de que pudiéramos seguirle el ritmo solían causarme un poco de angustia.

Durante la Semana Santa íbamos a un hotel de montaña en Keilberg para esquiar. Esto conllevaba un viaje en tren seguido de una larga travesía en un carro tirado por

Con la Slečna en las pistas de esquí de Keilberg.

caballos. El equipaje se colocaba en la parte trasera y me permitían sentarme al lado del conductor con una manta cubriéndome las rodillas. El caballo iba igualmente cubierto y sufría de flatulencias. Me intrigaba enormemente ese aire en movimiento, en particular porque se podía percibir por tres sentidos distintos; aparte de los dos más obvios, los pedos también eran visibles como pequeñas nubes de vapor.

Siempre que ir de vacaciones exigía levantarse temprano, mi madre solía despertarnos con una canción especial que había compuesto para esas ocasiones, solo para aumentar nuestras ganas y emoción. Funcionaba tan bien que, aunque la agitación hacía que me despertara mucho antes, fingía que estaba dormido y esperaba a que ella se asomara por la puerta.

Mi madre era una mujer muy talentosa. Cuando era joven, había estudiado en escuelas de élite en el Reino Unido y Suiza. Hablaba cinco idiomas y se pasaba el tiempo libre tocando el piano (y enseñándome a mí, tanto el piano como la armónica), además de fabricando preciosos grabados en cristal y objetos metálicos. Creo que se rebeló contra su educación privilegiada y adinerada desarrollando unas fuertes tendencias socialistas. Eso me afectó principalmente en los libros que me daba para leer. Era una miembro activa del WIZO (Organización Mundial de Mujeres Sionistas), que tenía las políticas de izquierdas de los *kibbutzim* en el centro de su credo. El mayor beneficio que eso me otorgó a mí cuando era pequeño fue la alegría pura de participar en sus reuniones para el té que organizaba para muchas señoritas judías y, en particular, los viajes a la compra que se hacían antes. Los dependientes siempre me ofrecían muestras para probar y siempre fue muy cotizada mi experta opinión sobre los salamis, quesos y demás productos. Todavía sigo siendo un adicto al salami, el paté de anchoa y otros aperitivos de mi madre. La única pega era que me veía obligado a jugar con las niñas de las conocidas de mi madre. Si no me falla la memoria, ninguna tenía hijos; lo único que recuerdo es tener que mostrar un comportamiento educado con un montón de niñas muy detestables que querían jugar a sus juegos, a su manera. Prefería mucho más que me incluyeran en las excursiones de mi madre con sus amigas a las cafeterías *gourmet*. Yo no compartía el café ni los cuchicheos, pero sí que llevaba a cabo mi papel de catador de pasteles; las «patatas» de mazapán en concreto me dejaron huella.

Estaba claro que mi madre no vivía bajo la máxima de mi padre (una de muchas) que decía que uno debe dejar de comer cuando la comida te sabe mejor. Si mi padre me enseñó un autocontrol férreo, aprendí de mi madre que aplicar esa norma para privarme de caprichos dulces era excederse; un punto de vista que estaba, y todavía estoy, más que dispuesto a secundar. Mi madre seguía dietas intermitentemente. Lo que le importaba a la familia era su maravillosa imaginación y su amor profundo, un amor que a menudo nos expresaba mediante poemas y libros infantiles que ilustraba ella misma con preciosas acuarelas.

La crianza provinciana de mi padre y su origen no casaban con el entorno patricio de Praga de mi madre. Él, por su lado, fue el primero de la familia en graduarse y estableció nuestras inclinaciones académicas. Doy fe, porque siempre me estaba programando clases adicionales. Una abeja perdida que se posó un día en su gorro le incitó a preocuparse por que yo aprendiera a leer y escribir letra gótica. Así que tuve un profesor que venía por las tardes para enseñarme. Todavía no consigo encontrarle el sentido. Ese conocimiento podría haber acabado siendo algo útil si el Tercer Reich hubiese durado de verdad mil años, como sobrestimó tan espectacularmente Hitler, pero ¡de nada le servía a un niño judío de bien!

Para comprender mejor a mi padre, es necesario saber algo sobre su juventud. Su madre murió cuando él era un niño. Tenía un hermano mayor que a su debido momento heredó el negocio de su padre y lo arruinó, y una hermana mayor, Else, de quien hablaré más adelante. Así que, cuando cumplió los diecisiete, su padre le compró una yegua (llamada Betty) y él se presentó voluntario para alistarse a la artillería pesada montada del ejército austrohúngaro. Por supuesto Checoslovaquia no existía antes de la Gran Guerra, sino que formaba parte del Imperio austrohúngaro. A mi padre le gustaba contar batallitas sobre sus aventuras militares y guardaba su revólver de servicio, una medalla y un fragmento de metralla que le habían extraído del trasero y que mantenía oculto en una caja de zapatos verde en el estante más alto del armario. Esa pieza de metal le impidió poder completar su carrera en química, ya que, en el momento más crucial, no podía mantenerse en pie para los exámenes prácticos. Sin embargo, se recuperó por completo, y parecía estar bastante orgulloso de la apertura adicional que le había quedado en sus posaderas. La falta de título universitario no pareció afectar a su carrera como químico ni a su activismo como fanático de la salud.

Probablemente no debería poner pegas a que me obligara a alimentarme con tantas vitaminas y minerales, puesto que probablemente desempeñaron un papel crucial en mi supervivencia a la siguiente guerra. Todavía hoy sigo bajo la influencia de algunas de sus máximas. Mucho me temo que el hecho de tener los dientes desgastados puede guardar algún tipo de relación con que me indicara que masticara cada bocado treinta y dos veces. Las incursiones de mi padre en la química de la comida lo convencieron de que algo con mal gusto podía hacerse más apetitoso si se le añadía algún sabor más atractivo, sin importar cuán incompatibles pudieran llegar a ser. El recuerdo de sus emulsiones de aceite de hígado de bacalao con zumo de frambuesa todavía hace que me estremezca. También insistía mucho en que hiciera ejercicio físico. Teníamos unas anillas, intercambiables con una barra horizontal, que colgaban del dintel de la puerta de la habitación. Durante una época me asignaron un entrenador personal para hacer flexiones y otros ejercicios de calistenia. Era un hombre gigante, muy afable, y al poco ambos estuvimos de acuerdo en que nos gustaba más que él galopara por el piso cargándome sobre los hombros. Cuando mi padre nos sorprendió con las manos en la masa, fue el fin (sin lamentos) de mi carrera como gimnasta.

Si la relación con mi padre no fue más cercana durante

mi infancia fue mayormente porque nunca estaba presente entre semana. Su trabajo le exigía viajar por todas partes con muestras de productos químicos. Cuando regresaba los viernes por la noche y mi madre se cansaba de esperarlo en la cama, normalmente lo encontraba dormido en la bañera con el periódico flotando en el agua, que para entonces ya estaba fría como el hielo. Aun así me influyó de tantas maneras distintas que siempre le estaré agradecido por ello. Aparte de los minerales, las vitaminas y, sí, el colinabo y las zanahorias ralladas crudas con zumo de limón que probablemente me ayudaron a sobrevivir a los campos, también estaban los paseos. Cada fin de semana, y más a menudo durante las vacaciones, nos desplazábamos hasta enclaves naturales de una belleza exuberante. Me enseñó a amar la naturaleza. Tenía montones de libros que versaban sobre los pájaros, las plantas, los árboles y cualquier bicho que se arrastrara sobre la faz de la Tierra, junto con equipamiento para recolectarlos y estudiarlos. Mi padre era, y lo fue hasta el final de sus días, un hombre decente, honesto y de principios.

Y así llegué a la escuela, con seis años. La mala noticia fue que le tuve que decir adiós a mi adorable Slečna. La buena, que, para mi completo asombro, se presentó como la maestra de mi clase. Tenía que ponerme en pie cuando ella entraba en el aula; eso fue un extraño giro de los acontecimientos. Para mí, en ese momento se abrió un doloroso abismo entre nosotros, pero era una maestra excelente. En ciencias domésticas nos enseñó, tanto a los chicos como a las chicas, a coser botones y zurcir calcetines, además de otras habilidades la mar de útiles. En este sentido ella también contribuyó a mi supervivencia en Buchenwald diez años más tarde. El hecho de que sobresaliera en la mayoría de las asignaturas complicaba el asunto de que no me vieran como el favorito de la profe (aunque dudo mucho que ninguno de los demás alumnos estuviera al corriente de nuestra relación previa). Afortunadamente, me las ingenié para ser el último de la clase en canto (acusado de «gruñir») y, también, en caligrafía. Usábamos portaplumas con plumines de metal que mojábamos en unos tinteros que el conserje de la escuela rellenaba periódicamente. Los malotes de la clase solían experimentar con los olores nauseabundos que se podían producir tras meter restos de comida en los tinteros y dejar que se descompusieran allí. Los consecuentes grumos en la tinta fueron la causa de mi desgracia; o al menos esa era mi excusa para presentar mis trabajos cubiertos con unos borrones de tinta tan espectaculares que nadie más era capaz de producir.

Solo pude ir a la escuela primaria durante tres años, y guardo unos recuerdos muy felices de esa época. Lloré durante los primeros días, cuando me dijeron que permanecía cerrada los fines de semana. Estaba a tan solo un corto paseo de casa, justo al doblar la esquina. En invierno, caminaba por las calles cubiertas de una espesa capa de nieve y recordaba con nostalgia la cálida aula con sus lámparas de gas que siseaban y proveían una acogedora iluminación cetrina.

Ahora hay un aparcamiento enorme donde estaba mi escuela. El edificio estaba situado al lado de un precioso monasterio, el cual, bajo el régimen comunista, fue utilizado para albergar una tienda de muebles. Creo que los comunistas hicieron más por destruir la belleza de mi pueblo natal que los alemanes. A fin de cuentas, tuvieron más tiempo. Se deshicieron de nuestra encantadora plaza adoquinada y construyeron encima unos edificios horribles.

Capítulo 2

Nubes negras

En los Sudetes teníamos nuestro propio mini-Hitler local, encarnado por Konrad Henlein, líder del SDP (Sudetendeutsche Partei). Nuestras habitaciones, que daban a la plaza central, me permitían tener una vista privilegiada tanto de su podio como de las concentraciones de los camisas pardas que tenían lugar los primeros años. Aunque no lucían esvásticas, tenían banderas y brazaletes rojos con un disco blanco de fondo y algún tipo de insignia parecida a la esvástica, y marchaban por las calles profiriendo lemas agresivos, algo que nos hacía sentir muy amenazados. No sé si ese fue un factor decisivo para mudarnos de nuevo; en retrospectiva no me parece que mis padres estuvieran en un buen momento como para comprar una casa nueva. Aunque Henlein exudaba peligro, sus marchas a paso de ganso y sus botas militares me parecían completamente ridículas, por no mencionar la súplica que le hizo a Hitler de que necesitaba que protegiera a su banda de matones de los checos.

Algo que me hizo mucha gracia, cuando lo descubrí muchos años más tarde, fue indagar en los problemas de los orígenes de Henlein, a tenor de su abierta política contra los matrimonios mixtos, que en su caso concernían a los eslavos, miembros de los denominados «infrahumanos» y que nada tenían que ver con los judíos. Para su turbación, la madre de su padre era checa. Solucionó el problema cambiando el nombre de su madre, quien aún estaba viva, de Dvořáček a Dworatschek, que puede tener un aspecto más alemán pero se acerca todo lo posible a la pronunciación checa. De una manera grotesca, eso bastó para que su carrera floreciera como un oficial nazi de alto rango.

Pero me estoy adelantando a los acontecimientos. Probablemente tuvimos que mudarnos porque mi escuela ofrecía solo dos cursos de educación primaria y supongo que necesitaba vivir en un sitio en el que pudiera llegar caminando a una escuela más grande. Mis padres compraron un precioso chalé nuevo en Kleische (Klíše), en los suburbios de Aussig, a una buena distancia de la casa de mi infancia al lado de la pintoresca plaza principal del centro. Se llamaba Villa Rose, situada en la calle Luizina. Así que mudarme al nuevo chalé fue la tercera transformación completa de mi vida, a la edad de diez años.

Mis padres debieron de estar presentes en el diseño de las características de la casa o directamente del edificio entero. Tenía un porche coronado por una terraza que mi padre adornó con unas flores. Creo que su idea era hacer nuestros ejercicios al aire libre y luego tomarnos una sana ducha, seguramente de agua helada. En medio del jardín, se elevaba un sauce circundado por un cenador, en el centro del cual había una mesa circular rodeada por un banco redondo. El tronco del árbol se alzaba a través de un agujero en el centro de la mesa. Me llevó bastante tiempo descubrir que debían de haber construido la mesa alrededor del árbol, puesto que habría sido toda una hazaña dirigirlo para que creciera a través del hueco. El efecto era muy placentero porque las ramas caían hasta el suelo, haciendo que, cuando el sauce tenía hojas, no se pudiera ver el cenador y tuvieras que apartarlas para revelarlo y encontrar la entrada.

Vi el exterior de la casa de nuevo medio siglo después, tras la guerra y la caída del Telón de Acero, en una visita rápida con mi esposa; apenas había cambiado. Alguien había añadido un garaje y el propietario no nos abrió la puerta cuando llamamos al timbre. Me habría encantado echar un vistazo dentro, pero quizá estaban fuera, o quizá se mostraban recelosos ante unos desconocidos parados fuera de su casa que cotejaban el edificio con una fotografía antigua.

A pesar de la preciosidad del chalé, sus alrededores y su proximidad a mi piscina favorita, la mudanza a Klíše fue el inicio de una época muy desdichada. Primero, mis abuelos maternos murieron. Mi abuelo había padecido un ataque al corazón un año antes que lo había dejado completamente paralizado. Se había quedado en silla de ruedas y solo se podía comunicar pestañeando. Me dijeron que lo único que pedía era que alguien lo llevara hasta la puerta del ascensor, que a partir de ahí hallaría las fuerzas para arrojarse al hueco.

Lo siguiente fue que mi abuela ingresó en el hospital.

Creo que tuvieron que hacerle una histerectomía o algo así, nada que detallaran delante de los niños. El día que se suponía que iban a darle el alta y volver a casa, mi madre estaba ansiosa por viajar hasta Praga para ir a recogerla, pero mi abuela padeció un embolia pulmonar que acabó por ser letal.

Así que perdí a mis queridos abuelos y mi único motivo para visitar Praga. Al mismo tiempo, mi hermano pequeño desarrolló algún tipo de achaque nervioso. Se quejaba de dolores por todo el cuerpo. Tenía fobia a que los electrodomésticos pudieran acalambrarlo. Creo que debió de padecer una descarga real en algún momento y eso precipitó algún tipo de trastorno de ansiedad en su mente. Puede que tuviera algún tipo de conexión con la amenaza de la guerra, que había empezado mucho antes en los Sudetes, porque estábamos en la primera línea de la amenaza de Hitler. Todavía me carcomen los remordimientos, porque, cuando tenía nueve o diez años, todos los preparativos para la guerra me entusiasmaban y le conté a mi hermano cosas que puede que agravaran sus miedos. Sus ataques de pánico eran intermitentes e impredecibles y sus gritos llenos de pavor me aterrorizaban. Siempre me ha abrumado el sentimiento de pena que me causan las personas que actúan de manera irracional; a menudo me han tenido que retener para que no me acerque a personas ebrias en la calle.

Encima de todo eso, odiaba y me atemorizaba mi nueva escuela. Nuestro profesor era un hombre joven que acababa de salir del ejército y sentía algún tipo de propensión por el sadismo. Cada día lectivo empezaba con una ceremonia que se basaba en propinar una paliza a los niños que no habían entregado los deberes o que declaraba culpables de alguna otra fechoría inventada. Decía en voz alta una serie de nombres, hacía que esos niños se inclinaran sobre un escritorio y los golpeaba delante de toda la clase con una zapatilla. A mí no me ocurrió nunca –seguía siendo un alumno brillante–, pero me aterrorizaba la idea de que pudiera tocarme. Hasta la fecha me había encantado ir a la escuela; esa fue la primera vez que comprendí por qué a la mayoría de los demás niños no les hacía ilusión.

El otro aspecto que no me gustaba de esa escuela era que acudían niños de hogares verdaderamente pobres, en los que de hecho pasaban hambre. Yo no sabía lo que era no tener suficiente para comer. Supongo que la escuela se debió de instalar en lo que solía ser una zona desfavorecida hasta que las recientes mansiones que se habían ido construyendo propiciaron la llegada de familias checas con estudios. Mi madre siempre me preparaba el desayuno para llevar, igual que hacían otras familias que vivían en nuestras mismas circunstancias, y los niños pobres solían suplicarme un poco de pan o un bocado de manzana, algo que me resultaba bastante desgarrador. Creo que no aprendí absolutamente nada allí, ni hice ningún amigo.

Desarrollé un interesante mecanismo de defensa cuando las cosas me sobrepasaban en la escuela: dolores abdominales que requerían que volviera a casa al instante. Puede que eso estuviera conectado con el estrés, por no mencionar una dieta nutritiva en la que abundaba el detestable colinabo. Creo que no se me podía describir como un niño enfermizo, pero los resfriados que agarraba durante el invierno generalmente evolucionaban en bronquitis. El motivo, creo ahora, era haber pasado por una amigdalectomía radical cuando tenía cuatro años.

Debería de haber mencionado esa operación antes, cuando he enumerado mis remembranzas más tempranas, porque recuerdo con nitidez la sensación sofocante asociada a la anestesia cuando me colocaron sobre la cara lo que me parecía una alcachofa de ducha enorme. En aquellos días mis padres se decantaban por extirpar quirúrgicamente cualquier parte del cuerpo que pudiera ocasionar algún tipo de problema en el futuro; tuve suerte de escapar con el apéndice y los dientes intactos. El hospital estaba en Praga y mi madre compartió la habitación conmigo. La palabra en alemán para «amígdala» es sinónimo de «almendra». No sé qué aspecto se imaginó mi madre que tendrían, pero pidió quedárselas como recuerdo. Cuando se las llevaron, sumergidas en formalina, mi madre se desmayó, así que no las llegué a ver nunca. Me estoy yendo por las ramas.

Me encantaba estar un poco enfermo porque me lo pasaba en grande guardando cama. Era cuando podía echar mano tranquilamente de todo mi alijo de cómics para niños y mis libros favoritos. A veces necesitaba un poco de ayuda para prolongar ese estado de felicidad. En aquellos días, los dos métodos estándares para «eliminar las toxinas del cuerpo» se basaban en enemas para cualquier cosa de la cintura para abajo y sudar para las dolencias de la cintura para arriba. Esta última se conseguía con la ayuda de una aspirina, además de té caliente y montones de mantas. Como el diagnóstico habitual se obtenía midiendo la temperatura con un termómetro clínico bajo la axila durante unos diez minutos, un proceso que normalmente se hacía sin supervisión, tener el té caliente al alcance me brindaba un método fácil para prevenir que mi temperatura revirtiera a sus saludables 36,6 °C demasiado pronto. El té estaba mucho más caliente, por supuesto, así que la habilidad radicaba en agitar el mercurio para que bajara después de una breve inmersión hasta que señalara un índice de recuperación de la enfermedad creíble. Desafortunadamente, se me acabó la jugarreta cuando en una ocasión el té estaba tan caliente, o la inmersión duró tanto tiempo, que no fui capaz de ver la línea del mercurio. Mi madre, después de un espanto inicial, se negó a creer que estaba a las puertas de la muerte, y a partir de ahí supervisó la toma de temperaturas.

La siguiente turbación importante de mi vida, durante el fatídico verano de 1938, coincidió con lo que serían las vacaciones más emocionantes de mi vida, y con razón, porque iba a salir al extranjero e iba a ver el mar por primera vez. Todas nuestras vacaciones previas las habíamos pasado siempre en las montañas y en el campo. El *modus operandi* solía ser que mi padre iba primero y alquilaba alguna granja pintoresca en algún lugar montañoso y el resto nos instalábamos después para pasar el verano. Mi padre regresaba para trabajar y solo venía de visita en ocasiones puntuales, quizá los

Mi hermano pequeño encaramado a la espalda de mi padre durante
una caminata en las escarpadas montañas de Šumava.

fines de semana, o durante alguna semana que tuviera fiesta. Siempre lo preparaba de antemano; mi madre nunca tenía que mover ni un dedo. Eso, a propósito, puede que fuera un factor decisivo en la tragedia final que destruyó a nuestra familia.

Bélgica fue el destino de nuestras primeras vacaciones en familia en el extranjero. Mis padres habían intentado irse sin nosotros solo una vez antes (tal vez a Dubrovnik). Nos mandaron a un campamento de verano para niños, y creo que se suponía que yo tenía que estar pendiente de mi hermano, algo que nunca se me dio demasiado bien, me temo.

Acabó siendo un desastre. Todos los niños almorzamos sentados a unas mesas largas hechas con tablones, al aire libre, en un lugar un poco apartado de nuestros dormitorios, en un campo escarpado injertado en un precioso paisaje montañoso. Mi hermano siempre fue un tardón durante la comida y los demás niños le estaban gritando, ansiosos por proseguir con la excursión planeada para esa tarde. Ejecutó un espectacular salto mortal cuando corría colina abajo hacia nosotros para caer de bruces como un fardo. Tras pasarse llorando toda la tarde y la noche, nuestros responsables finalmente decidieron que quizá no eran lágrimas de cocodrilo. Cargaron al pobre Jeníček en un pequeño carromato de madera que se fue traqueteando por los caminos campestres plagados de baches. Gritó de dolor durante toda la travesía hasta el hospital más cercano, donde le diagnosticaron una clavícula rota y le pusieron una escayola.

Nuestros padres regresaron con el tren nocturno. Mi padre, que había padecido una rotura de clavícula durante la guerra, decidió de inmediato que la escayola estaba mal puesta. Una vez que regresamos a Aussig y tras consultar una radiografía, tuvieron que volver a romperle el hueso y recolocarlo. El único resultado positivo de este triste episodio fue que nuestros padres nunca más se fueron de vacaciones sin nosotros.

Así que esa vez íbamos a ir todos juntos al extranjero y yo iba a ver el mar. En los días previos a la llegada de los trayectos largos en avión, los niños checos por lo general nunca veían, ni apenas podían llegar a imaginar, una extensión de agua que era tan grande que no se podía atisbar la otra orilla. Mi madre, que tenía un don para exaltar el estado de felicidad de los niños, no dejaba de prepararme para la enorme impresión que me iba a dar la primera vez que posara los ojos en un paraje tan increíble. También iba a ser el viaje en tren más largo que hubiésemos hecho jamás, e incluso íbamos a dormir a bordo. Implicaba, por supuesto, cruzar la frontera de Alemania. Lo único que me queda es dar por hecho que se planificó con tanta antelación que no se pudo prever la situación política que habría en el momento de irnos. Quiero creer que a mis padres les pasó por la mente la posibilidad de no regresar, pero sus subsiguientes acciones no mostraron signo alguno de haber tenido ese pensamiento.

Para cuando llegó el momento, Alemania ya estaba en plena revuelta y, aunque yo no estaba muy al corriente de los problemas políticos, o de cualquier tipo de peligro que pudiera suponer el antisemitismo de los nazis, pude comprobar que los trenes iban llenos de soldados alemanes, siendo aquel el verano previo a la invasión ordenada por Hitler de los Sudetes. También me quedó claro que mis padres estaban ansiosos por pasar desapercibidos. Durante la noche, nos cedieron sus asientos y se quedaron de pie en el pasillo para dejar que nosotros, los niños, durmiéramos estirados en los bancos del tren. El hecho de que todos tuviéramos una apariencia más aria que el mismo Hitler o cualquiera de su banda fue una ventaja obvia. Mi hermano pequeño, en concreto, con su cabello rubio pajizo y los ojos azules, parecía el epítome de las Juventudes Hitlerianas y solía ser el objetivo de muchas caricias en la cabeza que no había solicitado.

Lo que siempre me ha desconcertado sobre la idealización nazi del físico nórdico y su raza es la apariencia de su propio panteón de líderes. No hablo solo del aspecto moreno de Hitler y su rostro y gestos parecidos a Chaplin, me refiero a todo el Valhalla de los líderes nazis: Goebbels, de metro sesenta y cinco de altura y pie zambo, y el mariscal del Reich Goering, con su portentosa barriga. ¿Cómo pudieron salirse con la suya y hacerse pasar por ejemplares de perfección aria sin verse obligados a bajar del estrado tras un estallido de risas? Hitler sobrevivió a varios intentos de asesinato, pero que se rieran de él en público habría acabado con su carrera política y habría salvado a Europa de la catástrofe. Se dice que los alemanes no tienen sentido del humor, pero yo los he visto desternillarse y partirse en dos al ver caídas de personas. ¿Por qué eso no estuvo en la misma categoría? Mucho tiempo después supe que Heinrich

Himmler, el hombre de las gafas de culo de vaso y jefe supremo de los campos de exterminio, estaba a cargo de los asuntos de pureza racial. Todo venía de una obsesión suya de tiempo atrás con la cría de pollos blancos, y un intento fallido de ganarse la vida como granjero avícola. Ni a los satíricos con más inventiva se les podría haber ocurrido algo así. Sería algo tronchante si no fuera por los millones de vidas perdidas.

El lugar que había alquilado mi padre en Bélgica era una granja que hacía a su vez de pensión y estaba situada detrás de unas dunas en un pequeño enclave turístico llamado Wenduine, en algún punto entre Ostende y Blankenberge. Creo que el motivo que hizo decantar la balanza para elegirla fue mayormente la fama de su cocina. Las señoras que trabajaban allí procedían de una familia que había cocinado para la emperatriz María Teresa, y nosotros éramos los únicos huéspedes que tenían en esa época. Voy a intentar no obcecarme con la comida de nuevo, pero esa fue la primera vez en mi vida que probé el pan blanco del oeste de Europa; ni siquiera había visto antes gambas o camarones. Mi estómago siempre ha tenido buena memoria, y las exquisiteces que me encontré en Bélgica, como por ejemplo los tomates rellenos con gambas y mayonesa casera o los volovanes de marisco, se convirtieron en algo que intenté no evocar durante los siguientes años de guerra y hambruna.

La casa en la que nos hospedamos estaba situada en la linde de unas tierras de cultivo pantanosas y campos de pastura, al lado del mar. De ella partía una carretera que bordeaba el océano, dunas que se extendían por el paisaje y la playa. Entre las dunas y la playa transcurría un pequeño tranvía amarillo, desde Ostende hasta Blankenberge, que tenía parada en todos los pueblecitos que las separaba. Puede que a las personas que se ven obligadas a desplazarse en transporte público por una gran ciudad les cueste comprender que a mí viajar en tranvía me causara un placer tan grande. La vía del tranvía serpenteaba por alrededor de las dunas, ofreciendo vistas esporádicas del mar, y los viajeros que nos acompañaban a menudo acarreaban jaulas con gallinas que llevaban al mercado.

La primera vez que vi el mar fue en Blankenberge, una población turística de tamaño considerable con puerto. Al final de todas las calles que desembocaban en el paseo marítimo se alzaba un montículo grande, mucho más alto que yo. Mi madre nos pidió que cerráramos los ojos justo antes de ascenderlo y que los abriéramos en la cima; así que absorbimos toda su belleza de golpe. Allí estaba el mar: vasto, infinito, extendiéndose hasta el horizonte y fusionándose con él en algunos puntos. La primera impresión fue como si me alcanzara un cañonazo. Los mástiles de los barcos que se acercaban desde el horizonte se hacían visibles mucho antes de que los cascos aparecieran a la vista, así que la historia que hasta entonces me había parecido improbable y según la cual el mundo era redondo no eran solo habladurías que se aprendían en la escuela.

Las vacaciones en Bélgica fueron las mejores de mi vida. Nadé en el mar, aprendí a montar en bicicleta en el paseo marítimo de Ostende y fui de excursión en barca a alta mar por primera vez (me dejaron a cargo de mi hermano, puesto que mi madre estaba tan mareada que se encerró en el baño la mayor parte del día, haciendo caso omiso a nuestro aporreo constante en la puerta). Aprendí a hacer volar una cometa y me regalaron una de tipo caja para mí solo. Fueron unos días maravillosos e inolvidables de inicio a fin.

Varios recuerdos se han quedado afianzados en mi mente. Uno es que había pavorosas tormentas eléctricas nocturnas... prácticamente cada noche. Otro es que estaba plagado de mosquitos. Cada tarde, a mi hermano y a mí nos frotaban de arriba abajo con un repelente de insectos que se llamaba Antimoustique y que desprendía un olor muy distintivo. En las raras ocasiones en las que me he cruzado con ese aroma desde entonces, me ha recordado inmediatamente a las vacaciones en Bélgica. Otra novedad que no olvidaré fue cuando me llevaron a una peluquería belga donde, sin preguntármelo, me peinaron con algún tipo de gel fijador. Cuando volví a casa me sorprendió descubrir que mi pelo parecía un disco de gramófono al tacto. Era como un casco sólido. Peinarlo resultaba prácticamente imposible, aunque también bastante innecesario. Esa ventaja se fue desvaneciendo al cabo de unos pocos días, sin embargo. Cuando levantaba los pelos a la fuerza, todos los mechones se quedaban de punta como si fueran antenas.

De las muchas excursiones que hicimos, quizá la más memorable fue cuando visitamos el gran puerto de Zeebrugge, justo en el momento en que un enorme transatlántico de la cadena White Star atracaba; posteriormente celebró un día de puertas abiertas para el público. Era como una lujosa ciudad de cuento de hadas flotante, con salones palaciegos, hileras de tiendas y una piscina. Me dejó tal impresión que todavía reverbera en mi interior setenta años después.

De lo que no me percaté en aquel tiempo es de que el fin de mi infancia se estaba acercando rápidamente. A los niños nos entusiasmaba ver los aviones belgas practicando acrobacias aéreas por encima de nuestras cabezas y remolcando y ametrallando objetivos aéreos todo el día. En retrospectiva recuerdo que los biplanos torpederos parecían cazas de la Primera Guerra Mundial y no tenían nada que hacer contra los modernos monoplanos de la Luftwaffe. Las señales de la guerra que se aproximaba, el agujero negro que nos tragaría, estaban por doquier. Supongo que los primeros indicios de que mi niñez se aproximaba a su fin llegaron cuando me di cuenta de que mi madre estaba muerta de preocupación, y, aunque no comprendía el motivo exacto, sentía su miedo y su funesta desesperación.

Hitler estaba a punto de anexionar los Sudetes, con el beneplácito del oeste, y mi padre no estaba con nosotros. Había regresado y se encontraba en algún lugar de Checoslovaquia. No solo estaban todas nuestras posesiones, sino también su padre y su hermana Else, todos esperando su traslado a lo que en aquel momento parecía que era un lugar seguro: Praga. Así que nuestras vacaciones en Wenduine llegaron a su fin. No sé si mi madre se quedó sin dinero, pero primero nos mudamos a un piso en Blankenberge, un lugar que todavía desprendía un aire de vacaciones en el mar, y más tarde nos mudamos a Bruselas, presuntamente para aguardar el retorno de mi padre. Mi madre se tiraba mucho rato al teléfono. Mi hermano y yo pasábamos la mayor parte del día jugando en unos grandes almacenes que había al otro lado de la calle, subiendo y bajando las escaleras mecánicas. Era el primer centro comercial que habíamos visto jamás y ocupaba un edificio que en aquellos días podía pasar por un rascacielos, así que en él cabían todas las escaleras mecánicas que dos chiquillos pudieran desear.

Dada la situación, parecía imposible que mi padre pudiera cruzar Alemania en tren para unirse a nosotros, pero de algún modo se las ingenió para subirse a un avión. Creo que la única aerolínea que cubría la ruta de Bruselas a Praga era Sabena, y finalmente mi padre logró volar hasta Bruselas con billetes de regreso para nosotros.

Aquí viene otro pequeño episodio que se ha quedado anclado en mis recuerdos: en aquella época corrían historias en los periódicos sobre un hombre que había muerto por caerse en la hélice giratoria de un avión estacionado en el aeropuerto. Cuando, después de mucho tiempo esperando, mi padre llamó para decirnos que había aterrizado y venía a recogernos, mi madre estaba enormemente aliviada. Después de todas las desilusiones que se había llevado, debí de sentirme impelido a que no se dejara llevar por la esperanza demasiado pronto, así que le dije: «Bueno, lo único que podría salir mal ahora es que papá tropiece y se caiga dentro de una hélice». Mi madre me dedicó una mirada muy rara. Supongo que me acuerdo de esto porque es un claro ejemplo de cómo siempre me imagino la peor situación posible, como método de defensa, y luego me siento culpable por compartirla.

Así que mi primera experiencia en un avión fue en un Junkers de metal corrugado, tres motores y once asientos de Sabena, la primera precursora de las aerolíneas modernas. No estaban presurizados y volaban a baja altitud. Probablemente surcamos los cielos a la máxima altura de la que era capaz el aparato, porque la guerra era inminente y nadie estaba seguro de si los alemanes no abrirían fuego contra los aviones que surcaran su territorio. Yo estaba aterrorizado porque no parábamos de sacudirnos de arriba abajo. Sentado enfrente del altímetro de la cabina, observaba fascinado cómo, cada vez que nos desplomábamos lo que me parecían un par de kilómetros a causa del agujero de aire de una turbulencia, el aparato registraba poco más que un leve temblor en la aguja. Y finalmente aterrizamos en Praga.

Para tener clara la cronología, Hitler anexionó los Sudetes a principios de octubre de 1938. El curso escolar empezaba de nuevo el 7 de septiembre, y ese habría sido un motivo para tener que volver. Checoslovaquia no fue invadida hasta marzo de 1939.

Mi padre había alquilado una casa de campo en las afueras de Praga, en el barrio de Smíchov, en la calle Na Černém vrchu. La casa era una edificación de dos pisos con garaje. El espacio extra fue esencial porque tuvimos que guardar todos los muebles que mi padre consiguió transportar desde Aussig y que no cabían en el nuevo hogar, mucho más modesto. Mi tía Else y mi abuelo paterno, Karl, quien debía de tener unos ochenta años por aquel entonces, vivían en el piso superior, y nosotros en el de abajo. Mi hermano y yo, tras haber volado en un avión real hacía poco, jugábamos a los aeropuertos sobre la pelada cabeza de mi abuelo, algo que a él parecía divertirle tanto como a nosotros. Comíamos todos juntos y cocinaba mi madre. Dudo que mi tía fuera una entusiasta de la cocina; la moda y acicalarse iban más en su línea.

Mi tía Else siempre había sido una mujer distinta al resto de las conocidas de mi madre. Estaba divorciada y era muy elegante, alta y delgada, como mi padre. Su historia tuvo un final trágico, como el de tantas otras personas. Conoció a un hombre encantador y, como descubrí después de la guerra, se debieron de casar después de nuestra partida. Else se quedó atrapada en Praga, donde permaneció para cuidar de su padre. Los deportaron a ambos a Terezín, donde mi abuelo murió, y a ella después la trasladaron a Auschwitz. Tras mi liberación y regreso a Praga, me tropecé con su marido, quien se presentó vestido con el uniforme de los aliados de las Fuerzas de Defensa de Israel, tras haber combatido al lado del ejército británico, y me preguntó si sabía algo del destino de mi tía. Él estaba extremadamente enfermo de lo que supuse que era una afección cardíaca. Recuerdo ir caminando juntos hacia la oficina de refugiados y tener que detenernos cada cien pasos aproximadamente para que recuperara el aliento. Murió poco después.

Así que Praga fue mi cuarto hogar permanente para cuando cumplí los once años. Igual que en las otras ocasiones, conllevó grandes cambios en mis circunstancias. Nuestra casa estaba situada en la cima de un monte donde había una plaza pública cubierta de hierba y rodeada de casas por todos lados menos uno, que daba a una pendiente escarpada, arbolada y rocosa que descendía hasta los suburbios de Smíchov. También empecé en una escuela nueva. De camino allí pasaba por delante del Bertramka, un sendero vacío que discurre por un montículo escarpado y que flanquea el Mozarteum, un monumento famoso y lugar de peregrinaje para los turistas hoy en día.

No teníamos piano en nuestra nueva vivienda, pero, como aprender algo de música siempre se consideró una parte esencial de mi educación, le pidieron a mi tío, que era profesor de violonchelo en el conservatorio de Praga, que me impartiera algunas lecciones. Se había cambiado el nombre de Altschul a Alt y estaba casado con su prima Hilde. Como le correspondía por su elevado estatus en el mundo de la música, era bastante impaciente como profesor de un pequeño niño torpe y tendía a golpearme los nudillos con su arco cuando colocaba mal los dedos. Pero todo esto no fue más que un breve interludio.

Capítulo 3

El fin de la esperanza

Mi padre se fue al Reino Unido pasando por los Países Bajos en busca de una nueva vida para nosotros allí. Debió de partir de noche para que los niños no nos pusiéramos tristes, pero, acostumbrados a sus frecuentes viajes, no nos sorprendió su ausencia. Sigo sin saber hoy en día la fecha exacta en la que se marchó. Tras haber conseguido trabajo en el Reino Unido, inició los trámites para obtener los papeles que nos permitieran emigrar. Mientras tanto, era una realidad cada vez más evidente que Hitler tenía intención de atacar Checoslovaquia, ¡pero íbamos a luchar! Mi fervor patriótico alcanzó su punto álgido durante una fiesta nacional (probablemente fue en el vigésimo aniversario de la fundación de la república), cuando acudimos en una excursión escolar, junto con muchas otras escuelas y multitud de adultos, a un estadio enorme en Petřín, al otro lado de donde nosotros vivíamos (en el barrio Smíchov). Cientos de niños formaron para dibujar el contorno del país y representaron varios eventos significativos de la historia de la República Checoslovaca, incluyendo un ataque de los húngaros que había tenido lugar en sus primeros años de vida, acompañado de un importante tiroteo y música estridente. El espíritu de los asistentes me embriagó el corazón por completo. Ese entusiasmo nacionalista era la prueba de que definitivamente íbamos a combatir a los alemanes (conmigo en primera línea, a la edad de once años). En ningún pronóstico se contemplaba, creo, que nosotros solos llegáramos a tener alguna oportunidad de vencer a la masiva máquina militar alemana, pero en aquellos tiempos estimulantes creíamos que el mundo civilizado acudiría corriendo a ayudarnos, porque no se podía permitir que la estrella más justa de la constelación de la democracia se extinguiera sin que ello supusiera un peligro de muerte para todos los demás estados libres.

Por eso, cuando nos vendieron en los Acuerdos de Múnich, fue una decepción difícil de asimilar. Recuerdo que Hitler convocó al presidente Hácha en Berlín (Beneš había huido a Londres) y no le permitieron marcharse hasta haber accedido a que Bohemia y Moravia fueran un protectorado alemán. Alemania invadió Checoslovaquia en marzo de 1939. Aunque no nos desplazamos al centro de Praga para ver cómo las tropas marchaban hacia la ciudad, no había manera de ignorar las grandes formaciones de bombarderos alemanes que rugían sobre nuestras cabezas y que volaban dibujando esvásticas.

Entonces llegó la época más dura para mi madre. No sé, y no me atrevo a especular siquiera, si mi padre tuvo en cuenta la inexperiencia de ella gestionando la burocracia, pero todavía conservo las cartas que le mandaba mi madre a mi padre casi a diario y en las que se corrobora su desesperación creciente. Mi padre nos había organizado un traslado al Reino Unido mediante la Cruz Roja para los tres, pero hay algo misterioso que no he conseguido desentrañar nunca sobre los documentos de viaje que requeríamos. Mi madre se encontró con que le faltaban ciertos ítems, como los certificados de nacimiento, que se habían debido de extraviar. Durante el periodo de marzo a agosto, sus cartas versan sobre documentos perdidos, cientos de personas haciendo cola, que las cosas no eran tan fáciles como él se imaginaba, su imposibilidad de dormir sin medicación y finalmente el pavor de que la familia no se pudiera reencontrar jamás. Al final, cuando nos presentamos en el cuartel de la Gestapo de Praga con nuestras maletas preparadas para irnos al Reino Unido, nos hicieron dar la vuelta. Creo que formábamos parte del primer grupo al que le denegaron viajar. Para cuando llegó el 3 de septiembre, la guerra había empezado. Creo que junto a la desesperación y el remordimiento hay también un deje de alivio en las últimas cartas de mi madre, cuando la situación ya se le había escapado de las manos. Le envió a mi padre unas fotografías de mi hermano y de mí hechas por un profesional para mostrarle lo mucho que habíamos crecido durante su ausencia.

No cabía ninguna duda de que a mi padre se le daba muy bien organizar cosas. Toda su vida evitó que mi madre tuviera que actuar por sí misma. A menudo el descubrimiento de una habilidad propia se da solo cuando estamos pasmados e irritados por la ineptitud de alguien en el mismo tipo de asuntos. Sospecho que los matrimonios y las relaciones sufren cuando las parejas intentan

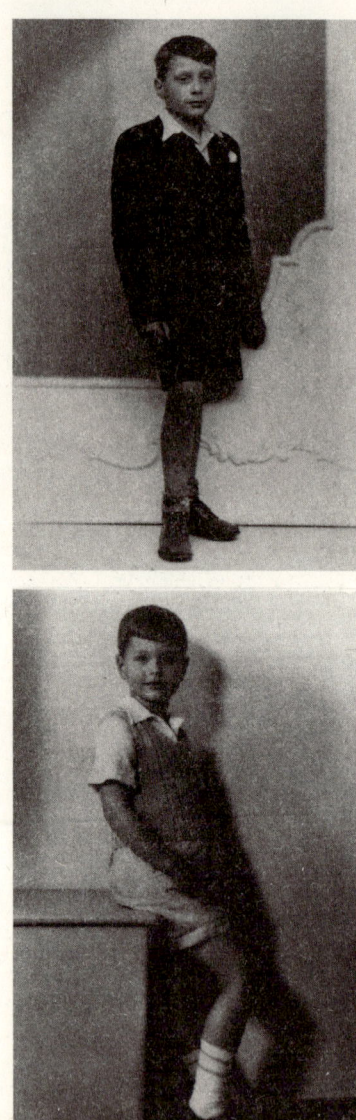

Fotografías de mi hermano y de mí tomadas en Praga
tras la partida de mi padre.

cambiarse mutuamente, y es un hecho verdaderamente triste ver que esas diferencias al principio les parecían de lo más adorables. Puede que mi padre tratara a mi madre como si fuera una encantadora cabeza hueca, pero eso no era más que una muestra de afecto y era debido mayormente a su tendencia masculina a tomar el control. A nadie debió de sorprenderle demasiado que mi madre tuviera dificultades para manejar la situación una vez que las circunstancias empezaron a exigirle una resolución enorme e inusual para ella. El espeluznante castigo que nuestra familia pagó por esos puntos débiles me parece injustamente extremo.

Mientras que esta secuencia de trágicos eventos desencadenó que nos quedáramos atascados en lo que se convirtió en el protectorado de Bohemia y Moravia, con mi padre al otro lado del canal, en el Reino Unido, yo fui a la escuela, aprobé todos mis exámenes de la educación secundaria, practiqué el violonchelo y me enamoré perdidamente por primera vez. Hanka Kleinová tenía el pelo largo y oscuro, la figura más perfecta y era en conjunto el ser más precioso de la faz de la Tierra. Una vez creí detectar una imperfección en su cara y recé por haberme equivocado. El sexo ni siquiera se me pasaba por la cabeza; si ella me hubiera propuesto que nos besáramos, creo que habría salido corriendo hasta poner entre nosotros una distancia de un par de kilómetros. Tal vez en otra vida fuera un trovador.

Finalmente, mi madre se quedó sin dinero, así que no pudimos permanecer en la casa de Praga. Nos despedimos de mi tía y mi abuelo. A mi tía Else la volví a ver más tarde en Terezín, pero mi abuelo ya había muerto por entonces. Mientras tanto, nos acogió la familia de mi tío Rudolf Pick en Ústí nad Orlicí (Wildenschwert en alemán). Así que esa fue la quinta mudanza en mi corta existencia, pero otra contribución a mi supervivencia, puesto que las deportaciones en los pueblos pequeños tuvieron lugar considerablemente más tarde que las de Praga.

Rudolf Pick no era mi tío en realidad; mi madre era una familiar lejana de su esposa, la tía Fanny (nacida como Fantl). Yo había conocido a la familia Pick unos cuantos años antes. Tenían dos hijos: Alice, que murió antes de la guerra, cuando tenía unos veinte años, por una infección de tuberculosis que se le extendió hasta el ojo, y su hermano pequeño Fredy, que estaba a punto de salir de la adolescencia. A mis ojos de niño, todos parecían enormemente gordos y evidentemente muy ricos.

Mi tío Pick era el dueño de una fábrica de guantes situada en el extremo del pueblo, cerca del pequeño río, y debía de ser el negocio donde trabajaba la mayoría de la gente del lugar. Todavía hay una calle que tiene por nombre Julius, en honor a su padre.

La familia viajaba con un enorme coche Tatra conducido por un chófer. Creo que ninguno de ellos sabía conducir. La casa de mi tío, en el número 123 de Rašínova, me parecía un castillo. No en vano, de ella sobresalía una especie de torrecilla y tenía unas pesadas verjas de hierro forjado, así como un extenso porche trasero y un jardín grande con cuatro pinos que se alzaban imponentes en el centro.

Los Pick de visita durante nuestras vacaciones. Los adultos de la dere-
cha: Fredy, Rudolph y Fanny Pick. Su chófer y su mujer a la izquierda,
mis padres en el centro.

Las elegantes habitaciones del piso de abajo se calentaban con unas enormes estufas holandesas hechas de metal plateado pulido provistas de ventanas de mica a través de las cuales se podían ver las llamas. Ahora que lo menciono, fue a través de esas ventanas como descubrí la existencia de los dientes postizos. Mi tío tenía una inclinación particular por los tofes. Tras morder uno, se le quedaron pegados ambos arcos dentales, como cabía esperar, ante lo cual decidió deshacerse del ofensivo dulce abriendo furtivamente la puertecilla de la estufa para escupirlo dentro, expulsando su dentadura involuntariamente en el proceso. Debió de ser la espectacular deflagración que lo acompañó, y que proyectó su luminosidad en el avergonzado rostro sin dientes de mi tío, lo que ancló esta escena en mi memoria. Creo que los dientes postizos en aquella época estaban hechos de una nitrocelulosa altamente inflamable, igual que los cepillos de dientes.

La bañera era una piscina en miniatura con tres escalones para acceder a ella. El consumo de combustible de la caldera que calentaba el agua de la bañera era tal que pronto empezó a asolar la escasez. Los baños nocturnos pasaron a ser solo uno a la semana. Los tres Weinberg compartíamos la misma agua. Supongo que tales disposiciones no habrían tenido lugar antes de la guerra.

Al inicio, antes de que los alemanes tuvieran organizadas sus leyes antisemitas, la vida en la mansión era bastante normal. Aunque había aprobado todos los exámenes de acceso para la escuela secundaria en Praga, no había ninguna institución disponible allí, así que seguí mis estudios en el instituto que se encontraba justo al cruzar la calle, un lugar profundamente desagradable donde, una vez más, pegaban a los niños; a mí incluido en esta ocasión. Había un profesor de letras anciano y cada una de sus clases empezaba con los niños que no habían hecho los deberes haciendo cola ceremoniosamente para que los sacudiera dentro de un pequeño cubículo. Empecé mi primera semana allí cuando el trimestre de la escuela ya había iniciado, así que no tuve oportunidad de hacer los deberes y no sabía lo que se esperaba de mí. Cuando llegó mi turno, me ordenaron diligentemente que me inclinara sobre un escritorio para propinarme un latigazo con una correa. Supuse que lo correcto al regresar al aula era exhibir un aire de indiferencia, más que mostrar aflicción o, Dios me libre, lágrimas. No compartía esa visión de la educación, pero sí es verdad que al menos era un método para endurecer el carácter a base de mantener una actitud estoica. Apalear a los niños era la única característica que la institución compartía con las escuelas públicas inglesas.

Cada vez se implementaban más leyes en el protectorado checo en contra de los judíos, y a mí me echaron de la escuela al finalizar el año académico, la única medida en la que los nazis dieron en el clavo. Y así acabó mi historia en la única escuela de educación convencional a la que asistí jamás.

Uno o dos miembros de la comunidad judía hicieron un esfuerzo por enseñarme cualquier cosa que pudieran recordar de su etapa escolar. Mi favorito era el señor Kauder, un soltero que vivía con su anciana madre y una paloma que se pasaba la vida encerrada en una jaula y que de vez en cuando ponía un huevo pequeñito. Cuando eso ocurría, la señora Kauder lo hervía y lo cortaba por la mitad ceremoniosamente para compartirlo con su hijo. El señor Kauder me dio lecciones de un abanico de materias particularmente extrañas. Los logaritmos me llamaron la atención al instante, incluyendo el uso de la regla de cálculo (que hizo que me diera cuenta de que las multiplicaciones y divisiones largas son para perdedores) y la geometría coordinada. También intentó enseñarme a dibujar, aunque tenía poca maña y solo pude aprender unos pocos trucos de artista. Empecé a tocar el violín, pero nunca tuve en mis manos ningún instrumento el tiempo suficiente (más allá de la armónica) como para ser competente.

Me frustraba esa falta de destreza porque los Pick eran muy talentosos con la música. Antes de la guerra, a menudo organizaban actuaciones en el salón. Tanto mi tía como mi madre eran pianistas consumadas, y la habilidad de mi tío con el violín era lo bastante buena como para que algunos de los violinistas checos de renombre internacional vinieran de visita ocasionalmente y se unieran a sus conciertos de cámara. También mi tío Pick y mi madre eran unos artistas talentosos en las artes gráficas y elaboraban el periódico de nuestra pequeña comunidad. Creo que forjaron un gran afecto mutuo, hasta el punto de poner verde de envidia a la tía Fanny.

Mi tía era un alma infeliz. Nunca se recuperó de la trágica muerte de su hija Alice y se dedicaba a hacer peregrinajes diarios al cementerio acompañada de sus dos perros salchicha, ambos llamados Waldi. A los Waldis les dábamos los platos para que los lamieran hasta dejarlos relucientes al final de cada cena. El mayor de los Waldis tenía infecciones en el ojo y el oído, y apestaba a muerto. Si tenemos en cuenta las condiciones prácticamente estériles en las que habíamos crecido nosotros, no sería de extrañar que nuestra reacción ante esa falta de higiene fuera producto de nuestra imaginación. No dijimos nada, por supuesto, ya que éramos invitados en la casa.

Mi tía Fanny era rolliza y tenía la agilidad de un hipopótamo. Cuando entraba en la piscina, las ranas gritaban: «¡Marea alta! ¡Todo el mundo fuera!». Sus habilidades culinarias gozaban de buena reputación, basada en el uso inventivo de productos crudos. No consigo recordar si aborrecíamos más su sopa de pan o de leche. Elaboraba su propio queso dejando que la cuajada de la leche colada fermentara en soperas que distribuía por encima de todos los armarios y luego recolectaba en orden cronológico. Una variación sobre este tema tenía que ver con hervir la mezcla agria, que daba como resultado un producto con la apariencia y el sabor del pegamento y el vinagre. Todo ese aroma impregnaba el ambiente de la casa con un olor difícil de olvidar. Mi madre, mi hermano y yo compartíamos una cama de matrimonio en una habitación pequeña (que incluía una jarra de porcelana con agua fría y un lavabo). Echábamos tanto de menos nuestra antigua vida que a menudo llorábamos hasta que sucumbíamos al sueño.

A medida que obligaban a implementar las nuevas medidas contra los judíos, nuestra calidad de vida se deterioraba. Todo el personal doméstico se tuvo que marchar; algunos se fueron a regañadientes y más tarde nos hacían visitas nocturnas. En la puerta del ayuntamiento se colgaban regularmente largas listas en las que figuraban los lugareños ejecutados (muchos por escuchar la BBC). A su debido tiempo tuvimos que cosernos la *Judenstern* –la estrella amarilla de David– en nuestros abrigos y chaquetas. Me confiscaron mi preciada bicicleta y nuestros esquís. Sin embargo, las autoridades no decidieron requisar mis patines, y, como vivimos un invierno excepcionalmente frío ese año, la nieve se congeló tanto que pudimos patinar por las calles, al menos los niños; la relación más desfavorable entre la potencia y el peso de los adultos hacía que el esfuerzo fuera demasiado duro para sus tobillos.

Celebré mi Bar Mitzvah en abril de 1941, para cuya preparación requerí que me diera lecciones un rabino de un pueblo cercano. La prohibición que impedía que los judíos pudieran viajar entró en vigor poco después de mi decimotercer cumpleaños.

Una de las consecuencias de que no me permitieran ir a la escuela y de otras muchas restricciones que siguieron fue que teníamos un montón de tiempo libre. Llegué a aprenderme de memoria todos los caminos que surcaban los preciosos bosques de los montes circundantes. A veces toda la familia se iba de excursión en busca de setas, y me convertí en todo un experto micólogo para encontrar y reconocer las que eran comestibles. De camino, cuando teníamos tiempo y fuerzas, subíamos hasta la cima de la montaña, donde había (y todavía hay) un chalé que vendía pan sobre el que untaban una generosa capa de mantequilla auténtica, solo para los clientes selectos, mucho después de que la mantequilla no fuera más que un recuerdo en el pueblo. Mi hermano y yo pasábamos cada vez más tiempo en el bosque y los campos contemplando los tejados que se extendían a nuestros pies. Ocupábamos el día entero paseando mientras le contaba historias interminables que me inventaba sobre la marcha. Por lo que puedo recordar, en ellas encarnábamos el papel de atletas famosos, músicos o conductores de carreras (siempre celebridades de cada campo) y las aventuras que vivíamos mientras recorríamos el mundo. Nadie con quien nos cruzábamos nos dirigía la palabra, quizá porque la gente tenía miedo de que la vieran al lado de nuestras estrellas amarillas. Sea cual sea la explicación, jamás experimentamos ninguna muestra de hosquedad por parte de los checos locales.

La escasez de comida empeoró debido, supongo, a la confiscación de alimentos para el ejército alemán. Yo fui uno de esos niños pequeños que solían quejarse con «¿Solo pan seco con mantequilla?» cuando no había nada más interesante para comer, en un momento en el que ya ni siquiera quedaba suficiente pan, mientras que la mantequilla se había convertido en una exquisitez escasa. Así que a alguien se le ocurrió la brillante idea de enviarme a trabajar a una granja. Mi tío conocía al granjero, que, si mal no recuerdo, los días bienaventurados solía proveer a la familia con huevos frescos, mantequilla y aves. Habría una boca menos que alimentar en casa y yo me beneficiaría de tener al alcance toda la comida que proporcionaba la granja. El campesino, por su parte, lo vio como una oportunidad de agenciarse una mano de obra no pagada; estaba claro que era la combinación perfecta para que todo el mundo quedara decepcionado.

Me mandaron a una granja situada en un pueblecito cercano, Sloupnice. El problema principal era que en lo que llevaba de mi corta vida yo no había experimentado nunca lo que era un día entero de trabajo físico, algo diametralmente opuesto a los muchachos de campo de mi misma edad. Tampoco estaba preparado en absoluto para la vida primitiva que los campesinos checos llevaban en aquella época. Usaban mayales para trillar, hoces para segar y un carro de madera tirado por un caballo para transportar las cargas demasiado pesadas como para trajinarlas a pulso.

Mi primer error crucial fue ignorar la recomendación de no quitarme la camisa. Aquel verano nos azotó con días sofocantes y noches de tormenta. Me pusieron al cargo de una herramienta que era como un arado pequeño, aunque, en vez de acabar en la reja, contaba con dos cuchillas que cortaban las raíces de las malas hierbas cuando se empujaba con la suficiente fuerza entre las hileras de cultivo. Después de la guerra vi un artilugio igual en un museo de herramientas agrarias antiguas. Estaba seguro de que el aparato se había diseñado para que lo arrastrara un caballo, pero, como el animal estaba ocupado en otros menesteres, me vi obligado a hacer el trabajo en su lugar. Un día quitando maleza entre filas de plantas de patata dio como resultado un dolor muscular que se extendía por todo mi cuerpo y una severa quemadura solar en la espalda. Como tenía que dormir sobre un saco de paja, tuve a mi disposición todas y cada una de las noches para compadecerme por mi estupidez.

Instalaron mi cama en un pasillo que separaba el edificio de la granja de los establos. Si tenía que vaciar la vejiga, estaba a solo unos pocos pasos del cobertizo de las vacas. No había puertas ni luz, así que plantar el pie sobre una boñiga antes de volver a la cama no era una experiencia infrecuente. La ausencia de puertas también le permitía al viento aullar por el pasaje durante las tormentas nocturnas, enfriando mi espalda chamuscada con un leve rocío de agua de lluvia.

El desayuno consistía en puré de patatas en un cuenco grande. El procedimiento correcto, aprendí rápidamente, era coger una cucharada colmada de puré, sumergirla en un bol compartido lleno de leche y luego en un plato con azúcar granulado antes de metértela en la boca, junto con la saliva acumulada de todos los presentes en la mesa. Todo esto fue un choque cultural tremendo para mí..., aunque es verdad que nadie pasaba hambre. Duré poco más de una semana, durante la cual llegué a la conclusión de que no estaba hecho para ser campesino, aunque aprendí con maestría el noble arte de segar. Dar tajadas con la hoz en el ángulo correcto para cortar los tallos, la única actividad que me producía satisfacción, me fue de poca utilidad en mi subsiguiente carrera como académico.

Así que, tras una única semana infame, volví a la casa

de mi tío como un intento fallido de granjero. Una de las pocas personas a las que podíamos visitar en nuestras excursiones era el señor Perlhaefter, que también era judío pero que estaba casado con una mujer gentil y vivían en la acogedora plaza adoquinada del centro del pueblecito. En su tiempo libre tocaba el órgano y componía música para la sinagoga, que antaño, en una era más feliz, la mitad de la comunidad judía iba a escuchar cuando la interpretaban en la gran sinagoga. Acabó siendo el único superviviente de la comunidad judía local. Como estaba casado con una gentil, lo deportaron mucho más tarde que al resto de nosotros, y solo hasta Terezín, el campo más cercano. Tras haber jurado que llevaría puesta la estrella amarilla de David si sobrevivía, pidió que le hicieran una réplica en la forma de un pequeño pin esmaltado, que lució en la ropa hasta el fin de sus días. Debió de ser el responsable del memorial erigido en el cementerio en recuerdo a todos los judíos fallecidos de Ústí que vi después de la guerra. También fue quien mantuvo a buen recaudo las pocas posesiones mías que sobrevivieron, incluyendo mi preciado álbum de fotos familiar, que ocultó junto con unos cuantos objetos personales más de otras personas durante la guerra por si acaso alguien sobrevivía.

El tiempo se estaba agotando rápidamente para la pequeña comunidad judía. Una docena de miembros que vivían en la zona alta del pueblo tuvieron que mudarse a la casa de mi tío, que era lo suficientemente grande como para alojarnos a todos. En otoño de 1942, esa casa fue requisada por la administración alemana y todos tuvimos que trasladarnos al pequeño piso de los Weiner, un matrimonio jubilado que vivía enfrente de la iglesia. Compartíamos la habitación con varias personas más y teníamos que dormir en colchones esparcidos por el suelo, y, cuando nos quedamos sin sitio, yo acabé durmiendo sobre un montón de mantas.

Sabíamos que nos iban a deportar en breve y solo nos podríamos llevar lo que cada uno de nosotros pudiera cargar en una maleta. Este asunto a los niños no nos lo comentaron, pero nos administraron vacunas contra el tifus, que nos hizo agarrar una fiebre tremenda, y presenciamos cómo se escondían relojes y joyas de gran valor en latas de betún vacías. Luego se cubrían esos artículos con una pasta en la base de la lata y se tapaba con un falso fondo para finalmente llenar el resto del envase con betún fundido. Me resultaba bastante extraño que los adultos se dejaran llevar por un pensamiento tan iluso como que las autoridades se limitarían a comprobar el contenido de las latas con unas pinzas y que no tuvieran en cuenta la posibilidad de que simplemente confiscaran todo el equipaje. A propósito, muchas veces me he preguntado si alguien se habrá llevado una grata sorpresa al acabarse una lata de betún muchos años después.

No pasó mucho tiempo antes de que un destacamento de la Wehrmacht con bayonetas en ristre viniera para aporrear puertas y apiñarnos en el tren especial que nos estaba esperando en la estación. Nos retrasamos porque el oficial supervisor de las SS tuvo que enviar a los soldados en busca de una pareja de ancianos que no se habían presentado como les habían indicado. Yo no tenía ningún tipo de interés en ver cómo se lo iban a hacer pagar, aunque la pareja nunca hizo acto de presencia. Se habían suicidado por sobredosis la noche anterior. Durante los años que siguieron, llegué a considerarlo como un tipo de victoria.

SEGUNDA PARTE

Los campos

Capítulo 4

Revisión bibliográfica del Holocausto y su exactitud

Jamás tuve intención de escribir sobre los campos, en parte porque intenté con todas mis fuerzas olvidarlos; quería vivir por el futuro y no definirme como un superviviente. Siempre he procurado evitar la bibliografía existente sobre el Holocausto, y encuentro profundamente perturbadoras algunas de las narraciones ficticias recientes que se intentan hacer pasar por historias reales. Falsificar la historia para crear un relato que sea más comercial no es nada nuevo, por supuesto, y siempre y cuando el resultado se presente como ficción no causa ningún daño; pero a menudo carece de ese matiz. Si yo fuera el descendiente de Salieri, sin duda alguna estaría resentido por la creencia popular de que mi ancestro envenenó a Mozart. Es más, me enoja a mí tanto como a cualquier inglés que una película reciente haya atribuido falsamente a los americanos el desarrollo de Enigma, la máquina con que se descifró la correspondencia nazi.

Nada de esto se compara con la repugnancia que me inducen tanto a mí como a mis compañeros supervivientes con los que mantengo el contacto las historias fabricadas sobre el Holocausto. Para nosotros equivale a profanar tumbas de guerra. Casi setenta naufragios y todas las aeronaves militares que yacen bajo el agua están protegidas como tumbas de guerra bajo el amparo de la Ley de Protección de Restos Militares de 1986; saquearlas es un delito.

Esa es la expresión de respeto de una nación hacia las miles de valerosas almas que dieron sus vidas por una causa por la que merecía la pena morir. En este caso estamos hablando de muchos millones, la mayoría niños, mujeres y hombres demasiado mayores o enfermos como para trabajar, que murieron por el capricho de una mente enajenada. Al menos deberíamos mostrarles la suficiente deferencia y refrenarnos de crear historias falsas sobre la manera en que sesgaron sus vidas.

Ineludiblemente son los supervivientes los que escriben la historia, pero en el fondo se acaba hablando de las vivencias de las víctimas. Esos hechos están siempre expuestos a la distorsión porque cualquiera que haya sobrevivido a los campos de exterminio tiene una historia atípica que contar. El relato más común de los millones de personas que pasaron por los campos termina en la muerte, y por ende sus historias nunca podrían ser contadas en primera persona. En mi caso, fue gracias únicamente a una sucesión de giros del destino de lo más improbables e inverosímiles, nacidos de una buena suerte casi milagrosa que permitió que mi historia viera la luz del día, así que lo mínimo que puedo hacer es hablar honradamente en nombre de aquellos que no lo lograron.

Hay otro motivo por el que mi narración no puede ser

un diario continuo detallado. En los campos intenté adquirir la habilidad de mirar sin ver, escuchar sin oír y oler sin identificar lo que tenía a mi alrededor. Desarrollé algún tipo de amnesia autoimpuesta. Temía que el hecho de que me obligaran a ver diariamente cómo colgaban a personas o las montañas de cadáveres de alguna manera contaminara mi mente permanentemente. Como dijo George Bernard Shaw (en *Hombre y superhombre*, aunque yo no es que lo hubiera leído en aquel entonces): «Lo mejor es conservarse limpio y brillante: es uno mismo la ventana por la que debe mirar al mundo». Probablemente todos tengamos la habilidad innata de prevenir que los recuerdos más espeluznantes se fijen en las sinapsis del cerebro. A fin de cuentas, todo el mundo consigue llevar a cabo el mismo truco cada mañana de olvidarnos de lo que hemos soñado. El lado negativo es que el hábito de olvidar puede acabar siendo algo involuntario.

La historia fidedigna de los campos está bien documentada; hoy en día es posible buscar en Google la mayoría de los hechos (aunque no todas las entradas son igual de fiables). Lo único que puede añadir un superviviente de los campos es cómo se sintió. Por ejemplo, la mayoría de la gente sabe lo que es tener una pesadilla terrible y el alivio que supone despertar y regresar a la realidad. Muy pocos, creo, serán capaces de imaginarse lo contrario, despertarse de unos sueños maravillosos de una infancia feliz para encontrarse en una realidad de pesadilla: el hedor de los cuerpos apiñados a ambos lados de uno mismo noche tras noche, semana tras semana, mes tras mes.

Extrañamente, un pensamiento que me consolaba era que, incluso si fallecías por tener la cara hundida en el barro bajo el peso de una bota, la muerte sería la misma que la de todos esos millones que fallecieron en los tiempos de paz, en la comodidad de sus camas mullidas. ¿Quién podría llegar a pensar que caerse en el barro y revolcarse por él podía llevar a un abatimiento tan extremo como para destruir las ganas de vivir, mientras que un golpe doloroso con la culata de un rifle podía enfurecerte tanto como para provocar precisamente el efecto contrario?

Uno de los efectos secundarios de la amnesia autoinducida intermitente es que tiende a alterar y distorsionar el flujo del tiempo. Algunos episodios parecían durar una eternidad, mientras que otros se terminaban en un abrir y cerrar de ojos. La cronología de mis hechos más relevantes se detalla en un apéndice (dudo de algunas de las fechas, pero solo me habré desviado un día o dos).

Capítulo 5

El gueto Theresienstadt (Terezín)

El tren nos llevó a Pardubice, a unos cincuenta kilómetros al este de Ústí nad Orlicí. Pardubice es la capital de la región y cuenta con varios salones de actos con espacio suficiente como para que puedan alojar a muchas personas para dormir en el suelo. Debo admitir que estaba bastante emocionado por la aventura, tras varios meses de aburrimiento. No había hablado con ningún otro adolescente desde que había dejado la escuela. En aquel sitio había chicas de verdad y de mi misma edad, origen y religión. Creía que tenía un aspecto de lo más sofisticado con mi conjunto de color verde oscuro confeccionado a partir del traje de esquí de mi padre. Dormíamos sobre unas colchonetas tiradas en el suelo en una sala enorme del centro de acogida. Sin embargo, estar tan cerca de todas esas personas nuevas tuvo sus consecuencias. Contraje la fiebre escarlata, igual que mi hermano.

El inicio debió de implicar una fiebre alta, porque no guardo nada en la memoria de nuestra llegada a Terezín. El siguiente recuerdo que tengo es encontrarme en una cama en el ala de pediatría de un hospital, donde nos afeitaron las cabezas. Como mi vanidad ya se había asentado por aquel entonces, lo que me vino a la cabeza al verme fue que el nuevo peinado no mejoraba mi apariencia, así que improvisé un turbante que decoré con el broche de plata en forma de oso polar de mi madre. En las calles atestadas de Terezín, una serie de epidemias se extendieron rápidamente. Durante el tiempo que pasé allí, muchos niños padecieron la fiebre escarlata y más tarde la poliomielitis. En la cama de al lado de la mía había un chiquillo cuya respiración sonaba como cuando arrugas una bolsa de papel. Murió de neumonía unos días después de mi ingreso. Hasta ese momento solo había visto un cadáver: cuando era pequeño una vez entreví el cuerpo abotargado de un hombre que se había ahogado en el Moldava y lo habían arrastrado hasta el camino de sirga. Esa visión me afectó profundamente y a partir de entonces he intentado no matar nunca a ninguna criatura viva si puedo evitarlo. Nunca más me dediqué a incinerar hormigas con una lupa.

Lo que más me sorprendió, aunque no lo supe hasta después de la guerra, es que Terezín está situada a escasos treinta kilómetros de mi lugar de nacimiento, Ústí nad Labem, en la esquina noreste de Bohemia y no demasiado lejos del río Elba, donde tenían lugar mis recuerdos felices de la niñez. Terezín se había edificado como una fortaleza amurallada rodeada por un foso, diseñada en forma de estrella y llena de sólidas guarniciones de varios pisos de altura. Se construyó a finales del siglo XVIII por orden del emperador José II, quien la bautizó así en honor a su madre, María Theresa de Austria.

La guarnición probablemente se pensó para albergar a unos siete mil soldados, mientras que los habitantes del gueto debían de multiplicar esa cifra por diez como mínimo. Eso permitía que cada persona pudiera disfrutar de dos metros cuadrados de espacio. Todas las habitaciones estaban llenas de literas de tres pisos, algo que dejaba poco margen para las posesiones privadas. Aunque estábamos profundamente conmocionados por la escasez de comida y el ínfimo espacio individual para vivir, podías sobrevivir en Terezín con un poco de suerte, aunque decenas de miles no la tuvieron.

Terezín no se parecía en nada a un campo de extermino o de trabajo forzado. Era una jaula en la que resguardarnos antes de pasar a Auschwitz y los demás campos, y también les servía a los nazis como escaparate para las inspecciones de la Cruz Roja. Nos permitían quedarnos con nuestras ropas y pelo (cuando volvía a crecer, tras el alta en el hospital). Había algunas pinceladas de autonomía. Contábamos con policías judíos que llevaban unos sombreros parecidos a los de la policía francesa. Estaba el Judenrat, un concilio judío en quien recaía la apocalíptica tarea de seleccionar a las personas para su deportación a los campos de exterminio, cumpliendo con las cuotas que les exigían los nazis.

La preocupación principal en Terezín era la de encontrar trabajo «protegido»: un trabajo que gozara de suficiente reputación como para eximir al trabajador de su traslado al este. No tenía ni idea de lo que nos deparaba el futuro en esos campos y a menudo me he preguntado si alguien sabía lo que nos esperaba. De hecho, a menudo oía a los adultos decir cosas como: «¡Es imposible que sea mucho peor que estar aquí!» (qué ridículo me parece en retrospectiva). Pero, a pesar de la ignorancia, el traslado era un destino que se tenía que evitar, o al menos posponer, de ser posible. Mi madre empezó a trabajar como enfermera, lo que nos proporcionó a todos un año entero de margen, sin el cual no habría sobrevivido para narrar estas crónicas.

Haber iniciado mi vida en Terezín ingresado en el hospital desencadenó consecuencias graves. Los niños de mi edad iban a la escuela para continuar con sus estudios. Sin embargo, para cuando me dieron el alta, ya se me había escapado esa oportunidad y me vi obligado a unirme a la mano de obra. A veces me he preguntado si el rápido florecimiento de mi carrera tras la guerra tuvo algo que ver con esta conspiración del destino de denegarme una educación reglada entre los doce y los diecisiete años. Sin embargo, mi hermano sí que fue al colegio.

Terezín bullía con una próspera vida cultural. Al fin y al cabo, el lugar estaba lleno de prominentes artistas, escritores, músicos y distinguidos intelectuales de todos los campos. Incluso la escuela ponía a su disposición un escenario para varias actuaciones; había conciertos, cabarés e incluso actividades deportivas y atléticas. Se instalaron una pista de atletismo y un área deportiva al lado de una de las esquinas de la muralla. Se me daban bien las carreras y el lanzamiento de disco, aunque no estoy del todo convencido de que fuera una actividad sensata, teniendo en cuenta que éramos unos adolescentes desnutridos. Las entradas para todos los conciertos y espectáculos tenían una alta demanda y eran muy cotizadas. Lo menciono porque, por más que intente evitar leer algunas de las sandeces que se escriben sobre este tema, me he topado con la afirmación en alguna tesis doctoral que asevera que «obligaban a los reclusos a asistir a esas actuaciones para impresionar a las delegaciones visitantes de la Cruz Roja»; una deducción arbitraria que desafía tanto a los hechos reales como al sentido común.

Mi primer trabajo en Terezín fue como ayudante sanitario en una clínica. Aprendí a enrollar y aplicar vendajes y a sajar abscesos, unas habilidades esenciales si tenemos en cuenta que los forúnculos eran frecuentes. Teníamos una provisión muy limitada de medicamentos, pero aun así apliqué abundante violeta de genciana y ungüentos de zinc sobre heridas infectadas. El bolus alba era un medicamento que solía encontrarse en grandes cantidades en los campos. Al escribir estas palabras me picó la curiosidad y busqué los usos médicos de ese polvo blanco que en realidad es caolín. Esto es lo que pone:

«Si se toma por vía oral, el caolín se utiliza para tratar la diarrea aguda suave o moderada, el cólera, la enteritis y la disentería. Si se aplica localmente, el caolín se usa como ungüento, polvos secantes, agente absorbente y emoliente». Está claro que es un material ideal y del que se debe tener un buen alijo, tanto para usos internos como locales, si se quiere dirigir un campo de concentración con un presupuesto ajustado. En Buchenwald se usaba cuantiosamente tras la amputación de los dedos de los pies cuando se congelaban.

Mi trabajo se hizo mucho más arduo cuando azotó la epidemia de poliomielitis y me nombraron camillero. No solo se trataba de una tarea cansada a la intemperie, sino que también el riesgo de contraer polio era real y espeluznante. Al final no me contagié; en su lugar padecí una ictericia (hepatitis A, supongo). Las epidemias de todos los tipos eran abundantes debido a las condiciones de aglomeración, aunque en consecuencia las enfermedades tendían a ser menos severas. La ictericia me dejó como secuela una intolerancia al alcohol para el resto de mi vida y náuseas con las patatas podridas. Debí de comer alguna durante la aparición de la enfermedad; dudo que hubiera algún otro tipo de conexión.

La primavera siguiente decidieron que yo era demasiado joven para el trabajo que me habían designado (después de todo solo acababa de cumplir los quince años) y me nombraron miembro de un equipo juvenil de jardinería. Habían convertido los terraplenes externos de la fortaleza en huertos. Mi equipo trabajaba bajo la supervisión del señor Karplus, un jardinero profesional. Cuando hacía buen tiempo, era una ocupación al aire libre dura pero placentera; me ofrecía un entrenamiento útil y la oportunidad de birlar ocasionalmente algún repollo, si tenía las agallas suficientes como para pasar junto a los guardias con un improbable embarazo.

La mayoría de las noches las pasé en un dormitorio

para chicos de edades comprendidas entre los catorce y los dieciocho años. Compartía la litera de en medio con Walter, que era unos dos años mayor que yo. Walter tenía la desafortunada costumbre de hacer lo que hoy en día definiríamos como «tocamientos inapropiados». Era demasiado vacilante y amable, supongo, como para llamarlo abuso, pero lo odiaba y no paraba de decírselo. Un día, cuando nos estábamos vistiendo para ir a trabajar, me enfurecí tanto cuando intentó meterme mano que le golpeé en la cara con tanta fuerza que se cayó hacia atrás sobre un tendedero. No intentó contraatacar, aunque era bastante más grande que yo. Ese fue el fin de sus intentos de seducirme, pero también extinguió cualquier tipo de comunicación entre nosotros. En retrospectiva, siento lástima por la mala suerte que él había tenido de sentirse atraído por un compañero de cama que se encontraba en el extremo opuesto del espectro sexual, y también que mostraba un completo desinterés por el sexo, en aquellas circunstancias. Por lo que se ve, sin embargo, siempre les he parecido atractivo a los homosexuales, algo que se acabó convirtiendo en otro factor más que ayudó a salvarme la vida.

Mi mejor amigo en un plano puramente intelectual era Kurt, un poeta desgarbado de dieciocho años devoto de la filosofía de Hegel que tenía poco tiempo para lavarse y afeitarse y al que solían hacer la vida imposible los demás inquilinos del dormitorio. Doblaba mi altura, pero el acoso no era físico. Que yo mostrara interés por leer lo que había escrito y escuchar atentamente sus pensamientos filosóficos suponía un claro consuelo para él.

Todavía me acaeció una urgencia médica más antes de abandonar Terezín. Fue como resultado del deseo nacido de la profunda frustración por no disponer de algo de espacio privado para almacenar algunas de mis pequeñas posesiones más preciadas. Estaba intentando tallar un pequeño agujero en la pared, no más grande que un ladrillo, justo por encima de mi cabeza en la litera. Me alentaba la facilidad con la que había penetrado los primeros centímetros de yeso, hasta que golpeé la roca sólida. A partir de ahí fue muy difícil seguir avanzando y, mientras seguía cavando, de repente noté un golpe, como si algo me hubiese pegado en el ojo. No le di más importancia hasta que comprobé que tenía una inflamación ocular persistente. Bien, puede que esto les sorprenda a todos esos que escriben tesis basadas en conjeturas y en las que aseveran que en Terezín era posible acudir a un oculista competente y que te sacaran, con anestesia local, una esquirla de granito que te había penetrado la córnea. Tiempo más tarde, en el campo de Auschwitz, nadie admitía estar enfermo, por si acaso te acababan enviando a las cámaras de gas. Hasta el día de hoy, siempre que me examinan los ojos, me preguntan cómo es que tengo ese tajo profundo, y entonces tengo que decir: «Se trata de una historia bastante larga».

Visitaba a mi madre cuando me era posible. En una ocasión fuimos juntos a ver a mi tía Else y nos sentamos a los pies de un árbol bajo una fina llovizna. Fue un encuentro triste. La habían deportado de Praga con su padre mucho antes que a nosotros y mi abuelo había muerto un poco antes de nuestra llegada. Me consolé al pensar que al menos había vivido hasta una edad avanzada. Esa fue también la última vez que vi a mi tía Else; la deportaron a Auschwitz en el siguiente traslado y no sé qué fue de ella.

Mi madre no era, supongo, convencionalmente guapa (a diferencia de la tía Else, cuya presencia no pasaba desapercibida), pero tenía una gran personalidad y vivacidad y no le faltaban nunca admiradores varones. Su primer amigo en Terezín fue un panadero. Trabajar como panadero cualificado en un horno se consideraba un empleo protegido. Supongo que no faltaban doctores, abogados y demás profesionales de clase media, pero los panaderos judíos escaseaban. Levantarse a horas intempestivas de la mañana para meter hogazas de pan dentro de un horno caliente..., ¿qué tipo de trabajo era ese para un judío de bien? No le tenía en muy alta estima porque lo consideraba demasiado mayor y feo para mi maravillosa madre, pero aparecía ocasionalmente con alguna hogaza de pan para nosotros. Sospecho que mi madre mantenía esa amistad por nuestro bien.

Llegó el momento en el que recolocaron a mi madre como enfermera en un sanatorio mental. El trabajo de las enfermeras del psiquiátrico también estaba protegido, al menos al principio. Para sorpresa de nadie, había muchos pacientes mentalmente turbados, a los que hospitalizaban en salas en forma de túnel bajo la muralla, más allá del foso. Solo una vez visité las salas apestosas que se convirtieron en la esfera de actividad de mi madre; nunca me permití repetir la experiencia. Labró una gran amistad con un compañero; puede que fuera vital para que mi madre consiguiera el trabajo en primer lugar. Era un tipo interesante: un admirador del estoicismo como filosofía que creía que la mayor fuerza de la humanidad radica en nuestra opción de suicidarnos cuando la vida se hace demasiado intolerable. Lo deportaron a Auschwitz seis meses antes que a nosotros; aun así no se quitó la vida hasta que vio a mi madre allí. Creo que su orgullo hizo que ese acto fuera inevitable.

Me he preguntado posteriormente por qué los trabajos como el de enfermera psiquiátrica, que en un inicio otorgaban protección contra la deportación, finalmente dejaron de tenerla. Se daba por hecho que los miembros de la Judenrat, la policía y otros oficiales de alto rango estarían exentos de los traslados, siempre y cuando permanecieran en el poder. Puesto que todas esas organizaciones tendían a proliferar, al final la gente que se encontraba en el extremo de la esfera protegida de empleo tuvo que ser sacrificada. No tengo ninguna prueba para esta conjetura, más allá de mi propia experiencia de cómo maduran las jerarquías administrativas.

A aquellos a los que seleccionaban para el traslado los reunían primero en una plaza de armas que estaba en el centro de cada una de las guarniciones, que se alzaban varios pisos. A los amigos les era posible despedirse y gritar mensajes desde las pasarelas de los pisos superiores, pero todo el nivel del suelo quedaba aislado por los guardias de la Wehrmacht. Llegado el momento, fue nuestro turno. Casi después de un año en Terezín, nuestro tiempo se había acabado y nos escoltaron hacia los vagones de ganado del tren con destino a Auschwitz.

Capítulo 6

Auschwitz-Birkenau

Considero ese trayecto más como parte de la experiencia de Auschwitz que de la de Terezín. Estaba oscuro dentro del vagón (era mediados de diciembre y no había ventanas). Había demasiada gente como para que todo el mundo se pudiera sentar. Mi instinto hizo que me dirigiera a la pared y me sentara con la espalda pegada a ella (siempre hay una parte de culpa en cada maniobra de supervivencia; si yo me sentaba, otra persona tenía que quedarse de pie y zarandearse de aquí para allá).

¿Cómo se comporta la gente cuando la amontonan en vagones de ganado en dirección a Auschwitz? Si aullaban y gemían, no me percaté, y supongo que las personas que tenían al lado los habrían mandado callar. No teníamos ni idea de qué nos deparaba el futuro..., o al menos yo no lo sabía. La gente que me rodeaba se abrazaba y se daba muestras de amor, por lo que podía discernir en la oscuridad. No sabía si eran familia, amigos o completos desconocidos; en cualquier caso, la muestra de afecto es un acto que confirma nuestra vitalidad y yo me sentí bastante excluido. Ojalá hubiese sabido meditar para sobrellevar esa experiencia. Llamé a mi madre y a mi hermano (nos habían separado los soldados que nos habían escoltado), y me quité un peso de encima cuando descubrí que estaban sentados en el mismo vagón, a unos metros de distancia.

Cuando al fin llegamos y nos expulsaron hacia la rampa, me cegaron las luces de las lámparas de arco que sesgaban la oscuridad. Nos esperaba para escoltarnos una comitiva formada por hombres grandes y feos de las SS. Algunos portaban porras, otros sostenían en las manos las correas de unos enormes y aterrorizantes pastores alemanes, y otros ambas cosas. Todos llevaban la insignia de la calavera de la muerte (*Totenkopf*) en las gorras. ¡Al menos en las representaciones del infierno de las pinturas medievales se mostraba como un lugar caliente!

Hay algunas órdenes en alemán que todavía hoy en día me producen una aversión inmediata y visceral. Son «*Schell! Schell!*» («¡Rápido, rápido!») y «*Rauss! Rauss!*» («¡Fuera, fuera!») en particular. Tampoco es que me guste demasiado la palabra «*Schweinehund*» («cerdo»).

En Auschwitz se perpetraron una cantidad inconmensurable de actos barbáricos. Los Kapos también tenían en su poder decidir si vivíamos o moríamos. Cada uno de ellos estaba al mando de un bloque, en el que tenían sus propias habitaciones pequeñas. Solían ir equipados con grandes porras, llevaban botas de montar y hacía mucho que moraban en Auschwitz. Muchos de ellos eran criminales de permiso que formaban parte de la escoria de las cárceles alemanas. No encuentro un término adecuado para *Schwerverbrecher*, pero me imagino que los sociópatas que contaban con algunos homicidios sádicos en su currículo habían tenido preferencia en el proceso de selección para el puesto.

La crueldad y la brutalidad, sin embargo, no eran invenciones de los nazis. En la edad media se podía presenciar cómo destripaban a personas, las partían estirándolas sobre ruedas o las quemaban en la hoguera. La única contribución original de los nazis a la inhumanidad que es capaz de profesar el ser humano contra sí mismo fue la industrialización del genocidio.

Me llegué a acostumbrar al sistema de formación en hileras durante mi subsiguiente gran gira por los campos de concentración nazis. Al ritual de llegada le llamaban eufemísticamente (o quizás con ironía) la «sauna». Todas las posesiones, ropa y zapatos debían dejarse en la primera habitación. Entonces se procedía a la sala de las duchas, que involucraba despiojar, desinfectar, rapar la cabeza y, para aquellos que llegaban por primera vez, tatuarles la piel. En la última habitación te proporcionaban un «pijama» de rayas y calzado.

A medida que la guerra progresaba, los pijamas se iban haciendo cada vez más finos, picaban más y el material se asemejaba más a la paja. Las botas estaban hechas de tela cosida a unas suelas de madera. Con un poco de suerte, el conjunto que te daban no distaba demasiado de tu talla.

En los campos de exterminio también tenían lugar bienvenidas similares en las que las duchas no dispensaban agua sino gas y no había ropa en la última habitación.

Esto, claro está, no lo cuento por experiencia propia, lo único que sé es que las víctimas eran guiadas hacia allí con la falsa idea de que las llevaban a las duchas.

Sin embargo, por alguna razón que no he llegado nunca a comprender del todo, nuestra rutina de iniciación en el *Familienlager* (campo familiar) de Auschwitz-Birkenau fue distinta. Nos permitieron que nos quedáramos con nuestra ropa y pelo y no nos separaron. Sospecho que fue porque ese campo no era otra cosa que una jaula para los judíos checos de Terezín, a los que preveían liquidar en las cámaras de gas seis meses después de su llegada. Así que quizá no había un motivo de suficiente peso que justificara la apertura de campos adicionales para separar a las mujeres de los niños. Una teoría alternativa que me han contado es que esa excepción tenía como fin embaucar a la Cruz Roja, por si decidían investigar qué les había ocurrido a los judíos de Terezín. Gaseando cada una de las remesas seis meses después de su llegada, los nazis se aseguraban de tener siempre disponibles presos frescos para que los pudieran inspeccionar, de ser necesario. El privilegio más significativo, desde mi punto de vista, era que los hombres, las mujeres y los niños, aunque estaban segregados en diferentes bloques, eran libres de visitarse los unos a los otros. Incluso el tatuado de los números en nuestros brazos se llevó a cabo más tarde, a cargo de unos equipos especiales de prisioneros que visitaban los bloques uno a uno. A propósito, el número del título de esta novela es el que me dieron en Buchenwald, no el de Auschwitz. Me pareció adecuado empezar a contar los días de mi edad adulta a partir de la liberación de

Buchenwald, cuando me devolvieron la vida y dejé de ser solo un número.

Probablemente no haya ninguna necesidad de describir la distribución de los campos de Auschwitz-Birkenau. Hay pocas personas en el mundo que no hayan visto las lúgubres fotografías de las estrechas franjas adyacentes, cada una con una única calle a la que daban las puertas de las cabañas alargadas y negras de madera, cada franja cercada por una valla de alambre de espino electrificada y torres de vigilancia con focos y pistolas. Lo que las fotografías no emanan con tanta facilidad es el olor a barro mezclado con cal clorada, concretamente en la esquina más apartada, donde se situaban las letrinas y el cuarto de baño (y, casualmente, mi bloque). La cal clorada es un agente blanqueador y su hedor único y penetrante va a estar para siempre asociado en mi subconsciente con ese lugar. A los nazis les aterrorizaban las epidemias, y estaba claro que mostraban un sano escepticismo ante la idea de que los patógenos fueran a darle un trato diferencial al ADN ario, así que prescribían abundantes cantidades de ese desinfectante barato.

Nos separaron: a mi madre se la llevaron al bloque de las mujeres y a mi hermano al bloque de los niños, con el que tuve contacto más tarde y que estaba casi enfrente del mío. El 15 de diciembre de 1943 fue un día de lo más funesto. No tenía ni idea de la verdadera naturaleza de nuestro nuevo campo hasta que por la noche los hombres que habían llegado con los traslados previos y que ya ocupaban la mayor parte del bloque que me habían asignado me ofrecieron una explicación de pesadilla y después me designaron un sitio en una de las literas de cuatro pisos. Nos habría ido la mar de bien algún tipo de indicador, ya que estábamos apiñados en todos los pisos.

Esa fue, de hecho, la primera vez que supe de la existencia de las cámaras de gas y del significado que tenía ver el humo elevándose por la chimenea adyacente al crematorio. Aunque presuntamente no nos llegaría el turno hasta al cabo de seis meses, cualquier confesión de haber caído enfermo podía acortar ese tiempo y adelantar la ejecución.

Los inquilinos que llevaban más tiempo estaban siempre dispuestos a intercambiar montones de consejos e información. Nuestras únicas posesiones eran una cuchara y un contenedor de metal para la sopa, que tenía un uso mejor como almohada para la noche; no había ningún otro lugar en el que guardar nada y lamento confesar que los robos no eran algo inaudito. El término «*Muselman*» hacía referencia a cualquier preso que, habiendo perdido las ganas de vivir, se limitaba a deambular arrastrando los pies, sin que le importara nada, ni siquiera la higiene personal. Asearse conllevaba lavarse en la congelada tina del cuarto de baño, utilizando agua glacial, algo para lo que se requería determinación y fuerza de voluntad, sobre todo con las temperaturas bajo cero de diciembre.

Lo que se debía hacer cuando un guardia te golpeaba en la cara era arrojarte al suelo y quedarte quieto. Con un poco de suerte no te volvían a pegar. Di por hecho que todos los chicos alemanes crecían leyendo los populares libros del salvaje oeste de Karl May, que, por lo visto, eran unos de los favoritos de Hitler. El héroe alemán se llamaba Old Shatterhand, por su habilidad para dejar inconsciente a cualquier oponente con un simple cabezazo. Estoy seguro de que los hombres de las SS se imaginaban a sí mismos en ese papel.

Mi actitud hacia esos matones de las SS se convirtió en una mezcla de miedo, desprecio y repulsión. En realidad no podía odiarlos o juzgarlos, porque según mis estándares no eran humanos. Cuando escribo estas líneas me vienen a la cabeza las señales de advertencia que hay en los parques nacionales de Japón esparcidas cerca de los grupos de monos japoneses, en las que se recomienda no mirar a los machos a los ojos porque lo consideran un desafío y es probable que ello derive en un ataque por su parte. Yo no me atrevía a mirar a la cara a nuestros guardias por si veían el desprecio que destilaban mis ojos; podían apalearnos o matarnos por capricho, así que nada bueno podía traer una provocación. En algún punto supongo que incluso los más obtusos de ellos llegaron a comprender que esos *Muselmen* raquíticos que arrastraban los pies y sobre los que tenían pleno dominio incluían a la que había sido la élite intelectual de Europa. Quizá eso les provocaba una mayor satisfacción con su trabajo. Después de todo, ¿no iba uno de sus grandes líderes en busca de la pistola cada vez que oía la palabra «cultura»? La «raza superior» parecía haber mutado en algún tipo de aberrante subespecie de homínido –el auténtico infrahumano–. ¡Un desarrollo de lo más extraño en la Europa del siglo XX!

A pesar de lo cansado que estaba el día de mi llegada,

no tenía ninguna esperanza de poder pegar ojo después de aquella presentación de mi nueva vida. Aun con todo, debí de dormir parte de la noche, ya que no oí cómo se colgaba Kurt, mi amigo poeta y devoto de Hegel. Cuando me despertaron pronto por la mañana para el recuento lo encontramos colgando de su cinturón, en mi misma litera, en una de las esquinas. La conmoción y la pena iban teñidas por un profundo respeto; jamás habría predicho que mi amigo filósofo y amante de los libros pudiera poseer una determinación así.

No sé cuántos suicidios más tuvieron lugar esa noche. A la mañana siguiente vi por primera vez los montones de cadáveres. De hecho, no era tan fácil suicidarse, ni siquiera mediante el método aparentemente fácil de asirse a la cerca de alambre de espino electrificada. Para alcanzarla tenías que coger carrerilla por un suelo en desnivel, la rodeaba una zanja poco profunda y los postes estaban erigidos sobre la tierra levantada. Mucho tiempo después vi cuerpos ennegrecidos que colgaban de la verja de Gross-Rosen (ya contaré los detalles más adelante), pero en nuestro *Familienlager* nunca te podías escapar de la vigilancia de las torres o escabullirte del alcance de sus focos por la noche. Dimos por hecho que en el punto en el que se encontraba la guerra cualquier soldado de la Wehrmacht que fuera capaz de disparar recto estaría en el frente, así que tenías papeletas de acabar en la cámara de gas con unas heridas de bala no del todo letales... ¡y esa no era una manera de irse del mundo demasiado atractiva!

Mi madre intentó entrar en la orquesta para mujeres de

Auschwitz, que concedía protección de las cámaras de gas y los trabajos forzados, pero sin éxito. Supongo que había una saturación de pianistas aficionadas..., un logro bastante común entre las antiguas señoras de clase media que no tenían la necesidad de trabajar. Contrajo meningitis durante una pandemia que asoló el campo, pero, una vez más, con mucha suerte, no fue un brote severo, y todos los reclusos intentaban mantener en secreto la enfermedad. Huelga decir que estaba muy deprimida y ya no tenía esperanzas de sobrevivir a la guerra.

No estoy seguro de cuánto se culpaba a sí misma. Ese había sido un tema tabú entre nosotros, pero no paraba de citar una antigua canción o poema alemán: «Habría sido demasiado maravilloso..., pero no estaba predestinado», en relación con el futuro de nuestra familia. Sin embargo, me dijo en varias ocasiones: «Si alguno de nosotros tiene que sobrevivir, ese eres tú». Me estoy obligando a dejar por escrito este desgarrador relato para honrar su recuerdo.

A mi hermano le adjudicaron un lugar en el bloque infantil, cuya existencia y creación fue un milagro posible gracias a Fredy Hirsch. No sé si puede haber una categoría que abarque a los santos judíos homosexuales, pero Fredy Hirsch merece que lo canonicen por las múltiples maravillas que llevó a cabo (incluyendo proporcionarme un trabajo que ayudó a salvar mi vida) y porque al final lo martirizaron. Fredy Hirsch era un alemán judío que hablaba con un marcado acento de Aquisgrán. Antes de la guerra había sido profesor y organizador de actividades deportivas para jóvenes. Fue muy activo en el sistema escolar durante el tiempo que pasó en Terezín, aunque yo no lo conocí hasta que llegué a Birkenau. En el campo lucía una figura sorprendentemente bien vestida y atlética, con unos rasgos aguileños y un pelo engominado, complementado por unas elegantes botas de cuero de estilo nazi. Para mí era el epítome de todo aquello que lo nazis podían llegar a admirar.

No tengo ni idea de cómo se hizo con su evidente y considerable influencia en las SS, pero la usó para conseguir que se instituyera el bloque infantil, del que era Kapo o Blockältester (¿«jefe del bloque»?). Eso protegía a los niños de las brutalidades de la vida del campo, de los recuentos en el frío y de los robos. Sin querer desmerecer los logros de Fredy Hirsch de ningún modo, debo decir que a las autoridades nazis se les debió de ocurrir que la brutalidad del régimen del campo sería más fácil de llevar a cabo si no tenían que preocuparse por un montón de niños traumatizados de todas las edades correteando por los terrenos. Fredy organizaba actividades acordes a la edad de los diversos grupos, incluyendo algunos deportes de interior y representación de obras de teatro.

El bloque 31, el bloque infantil, era un oasis en la desolación que lo rodeaba. Había un área detrás de la habitación del Kapo, con un mostrador rudimentario para distribuir la comida, que acabó convirtiéndose en mi dominio. Fredy era muy escrupuloso e imponía una buena higiene personal (en particular insistía en examinar de cerca la limpieza de las partes íntimas de los chicos, las mías incluidas). Las paredes estaban decoradas con murales pintados a mano de escenas de películas Disney y cuentos de hadas. A propósito, no hace mucho descubrí más cosas sobre la artista que creó esos murales, tras leer su obituario en *The Times*. Esa talentosa pintora era una chica a la que seleccionó el infame doctor Mengele para que pintara retratos de los prisioneros de etnia gitana porque sentía que las fotografías no enfatizaban como era debido sus «características raciales». A cambio de exagerar los rasgos que quería resaltar, las salvó a ella y a su madre de la cámara de gas. Se convirtió en una artista reconocida y murió recientemente en Estados Unidos por causas naturales.

Yo no vivía en el bloque infantil, pero en otro golpe de buena suerte que me salvó la vida Fredy Hirsch me seleccionó para servir en la Menagedienst, que implicaba empujar una carreta cargada con los barriles de sopa y «café» por todo el campo y servir con el cucharón las raciones a los presos.

Los barriles de sopa eran enormes y demasiado pesados como para que los transportaran unos adolescentes desnutridos. Éramos cuatro y usábamos dos varas largas que ensartábamos en las asas a cada lado del barril. Cuando los barriles estaban llenos, solo éramos capaces de levantarlos y correr unos cuantos pasos antes de tener que descansar de nuevo. Así discurríamos por el campo, terminando en el bloque 31 para servir a los niños.

La sopa sabía prácticamente solo a agua caliente. Los demás constituyentes eran mayormente tubérculos (como el nabo, la chirivía, etcétera; vegetales que juré no volver a probar nunca más si sobrevivía) y verdura seca, como retales de hojas de col, conocidas comúnmente como *Stacheldraht* («alambre de espino»). El «café», sin embargo, contribuyó a mi supervivencia. Claramente aquel líquido no había llegado a ver nunca ni un grano de café, pero contenía azúcar. Si no lo removías con demasiado ímpetu (y el cucharón no era lo bastante largo como para llegar al fondo hasta que la mayoría del líquido se había repartido), quedaba en la base del contenedor un revoltijo de sucedáneo de café que consistía en achicoria molida y azúcar, que recogíamos con cucharas y compartíamos los portadores. El sabor era repulsivo, pero estaba lleno de calorías. Probablemente había más en la ración de un día de esa mezcla que las que nos proporcionaba la comida del campo en toda una semana. Dudo que hubiera podido sobrevivir sin eso... Una vez más, esta es otra muestra de todos esos pequeños milagros.

El día 6 de marzo, o una fecha aproximada, todos los presos del campo que ya estaban allí cuando nosotros habíamos llegado fueron trasladados a un campo adyacente antes de desvanecerse. Entre ellos se encontraba Fredy Hirsch. La información que nos llegaba del campo vecino era que se había tomado una sobredosis la noche anterior (los medios para alcanzar ese fin se los debieron de proveer sus contactos nazis, imagino). No nos contaron nada oficialmente, pero el hecho de que los reclusos desaparecieran exactamente seis meses después de su llegada y que las chimeneas estuvieran escupiendo humo transmitía un mensaje ominoso. Aun así, no consigo recordar estar preocupado por la clara implicación que ello suponía para mi propio futuro. O bien me he olvidado de algo o, más probablemente, los quehaceres de la supervivencia del día a día no dejaban sitio para mis preocupaciones sobre lo que nos depararía el futuro al cabo de tres meses.

En mayo llegó un nuevo tren procedente de Terezín. A partir de ahí, hubo llegadas intermitentes de otras partes de Europa. Los neerlandeses y los húngaros, en particular, parecieron hacerse pedazos con mucha rapidez. El tiempo se volvió cálido, el barro se secó y nos pusieron a trabajar llevando a cabo tareas sin sentido..., como llenar zanjas que otros acababan de cavar.

Me salvé de otra situación que vale la pena mencionar. Le ordenaron al pelotón al que me habían asignado que transportara ladrillos alrededor del perímetro del campo, algo que la mayoría de nosotros hizo usando los brazos estirados. Eso resultaba doloroso, así que yo, como es natural, cargué los ladrillos sobre la espalda con un cabestrillo que me había hecho con el cinturón. Desafortunadamente el cinturón se rompió, ocasionando que los ladrillos cayeran al suelo. El guardia, que me había estado observando, soltó a su pastor alemán, que cargó contra mí. Me vino a la mente de inmediato la idea de que, si echaba a correr, el perro me arrollaría y probablemente me destrozaría, así que me quedé quieto y me encaré a él. El perro se detuvo y parecía no estar seguro de qué hacer a continuación; estaba claro que no lo habían programado para tal eventualidad. Y entonces, en otro golpe de suerte, no solo se evaporó la agresión del perro, sino también la del guardia. Quizá estaba avergonzado por la falta de determinación militar de su chucho, pero a mí me permitió recoger mis ladrillos en paz.

A mediados de junio se agotaron nuestros seis meses, pero hubo un cambio en el plan original. Alrededor del 7 de julio, nos ordenaron a los adolescentes de más edad, a mí incluido, y a los hombres que aparentaban estar en mejor forma que nos desnudáramos para desfilar por delante de unos oficiales de las SS sentados a una mesa. Cuando me interrogaron, añadí un año a mi edad real y, gracias en parte a haber tenido que cargar los pesados barriles y quizá también a la mezcla azucarada de achicoria, superé la prueba para llevar a cabo trabajos forzados. Tras pasar unos pocos días en un campo adyacente, me encontré entre los miembros de un grupo al que subían a la parte trasera abierta de unos camiones y nos alejamos por carretera. Esa fue la última vez que vi a mi madre y a mi hermano.

En ese momento no podía comprender del todo la magnitud de lo que estaba ocurriendo a mi alrededor, algo que, al fin y al cabo, fue mejor para mí. Todas las personas que habían transportado en marzo habían sido liquidadas en las cámaras de gas. Eso incluía a Fredy Hirsch (todavía sigue siendo tema de debate si estaba muerto, inconsciente o solamente sedado).

Han tenido que transcurrir varios años para ser capaz de integrar todos estos eventos en una línea temporal. Incluso fuera de los campos, el progreso de la guerra se ocultaba en toda la Europa ocupada mediante la máquina de propaganda nazi. Dentro de los campos, los rumores campaban a sus anchas, aunque no se les podía dar demasiado crédito. Sin embargo, estaba claro que los planes originales de Hitler basados en continuar con las victorias nazis habían fracasado estrepitosamente. Estaban desplegando las fuerzas alemanas en Rusia y, a principios de junio de 1944, el desembarco del Día D exigió una demanda mayor de combatientes. Así que, cuando llegó nuestro turno para que nos gasearan, Hitler se vio obligado a decidir que la necesidad de esclavos para los trabajos forzados tenía preferencia sobre cualquier rápida implementación de la solución final.

Mi hermano era demasiado pequeño como para trabajar. Estoy seguro de que, si le hubieran dado a elegir, mi madre habría ido a las cámaras de gas con él, aunque dudo que esa opción llegara a estar sobre la mesa. Creo que ella murió en algún otro campo de trabajo forzado. Todos mis intentos por rastrearla, todas las búsquedas que he realizado en los archivos procurando más información, han resultado fútiles. No te puedes obcecar con estos pensamientos si pretendes vivir algo parecido a una vida normal, pero invito a cualquiera que lo desee a compartir la pesadilla que supone imaginar cómo se llevan a ese grupo de niños hacia la cámara de gas, incluyendo a mi aterrorizado hermano pequeño. Tuvo una niñez muy corta y miserable; a menudo desearía haber sido un hermano más comprensivo con él.

Vale la pena señalar que la gasificación masiva del 8 de marzo, seguida por la liquidación de lo que quedaba del campo, el 10 o 12 de julio de 1944, constituyó, de lejos, la mayor masacre de ciudadanos checoslovacos de toda la Segunda Guerra Mundial.

Me había quedado solo, pero al menos ya no tenía a nadie de quien preocuparme.

Capítulo 7

Blechhammer

Mi partida de Auschwitz me suscitó un estado de humor muy distinto al que había experimentado cuando llegué allí. Iba subido en la parte trasera de un camión de caja abierta a mediados de verano y no encerrado en un vagón de ganado una noche oscura de diciembre, y me animé al volver a ver la hierba verde y los árboles. El campo de Birkenau había sido un páramo desolador de barro y alambre de pinchos al que la naturaleza evitaba; algo apropiado para esa jaula construida específicamente para las cámaras de gas. Aunque desconocía que me estaba dirigiendo hacia un sufrimiento físico mucho mayor, nada en mis recuerdos posteriores se compara con el horror vivido en ese agujero oscuro de pura maldad, cuyo único cometido era el genocidio a escala industrial.

No tenía ni idea de cuánto tiempo íbamos a estar de viaje o, de hecho, dónde me encontraba, más allá de que debíamos de estar en algún lugar de la Silesia polaca. Los desplazamientos que hice han sido un misterio para mí la mayor parte de mi vida. Aunque no hubiese logrado con tanto éxito olvidar todo ese periodo de mi mente, habría sido lo mismo, ya que los campos de concentración no estaban marcados en ningún mapa alemán accesible al público y sería toda una hazaña localizar mi posición utilizando solamente los pocos puntos de referencia que recordaba y mi intuición. No fue hasta que cumplí los ochenta y dos años y me persuadieron de dejar por escrito mis vivencias cuando intenté ordenar todos mis movimientos. Para entonces, el mundo había cambiado, y tardé solo unos pocos minutos en consultar en Google la ruta más corta desde Auschwitz hasta Blechhammer, que no se alarga más de cien kilómetros pasando por Katowice y Gliwice.

Sin haber vuelto allí jamás, las imágenes por satélite de los campos me son particularmente perturbadoras; me azoró reconocer mi bloque en Birkenau, ahora rodeado de campos de hierba y árboles. De algún modo me parece ofensivo y completamente erróneo que lo hayan convertido en un área verde; lo correcto habría sido dejar el suelo cubierto de cloro en polvo para que nada creciera allí nunca más.

Mirando por la parte trasera del camión, me alentó ver pasar pequeños pueblos y gente normal; personas que no eran ni prisioneros ni guardias ni soldados. Preveo que esto le parecerá extraño a cualquiera que no haya meditado los efectos que pueden tener dieciocho meses de encarcelamiento en la mente de un adolescente, alguien que había perdido por completo la esperanza de volver a atisbar jamás unas escenas tan llenas de cotidianidad. Además, me animé al pensar que, fuera lo que fuese para lo que me habían seleccionado, no se trataba de una muerte pasiva inminente.

Parece ser que Blechhammer se construyó como campo de trabajo forzado antes de que se convirtiera en un campo de concentración y formaba parte del conjunto de establecimientos de trabajo esclavo que gestionaba Auschwitz. Estaba anclado en un área forestal bastante bonita y se convirtió en un campo dormitorio para los esclavos que trabajaban en un enorme complejo industrial. La finalidad principal de la instalación central era operar una planta que convertía el carbón pulverizado en productos derivados del petróleo mediante alguna variante del proceso de Fischer-Tropsch. Cada mañana temprano, los prisioneros marchaban en largas columnas, escoltados por soldados de la Wehrmacht, hacia diferentes sectores de las instalaciones, y regresaban de nuevo al campo a altas horas de la noche.

Nada más llegar, nos recibieron con el ritual de la sauna completo: nos raparon la cabeza y nos desinfectaron, pasamos por la ducha y nos equiparon con una camisa azul, calzoncillos, un pijama de rayas, un gorro y unos zuecos forrados. En un golpe de suerte, el primer conjunto que me dieron se me ajustaba bastante bien, aunque, como el proceso se repetía regularmente, eso no era lo habitual y a menudo nos veíamos empujados a los intercambios clandestinos cuando se presentaba la oportunidad. La parte positiva es que las duchas solo dispensaban agua; había un crematorio en Blechhammer, pero ninguna cámara de gas. Sin embargo, estar demasiado enfermo como para trabajar conllevaba un billete de solo ida a las cámaras de gas de Auschwitz.

A nosotros, el primer grupo de adolescentes checos recién llegados de Auschwitz-Birkenau, nos asignaron la construcción y el mantenimiento de los raíles de la fábrica. Actuamos de una manera que, en retrospectiva, me parece muy estúpida. En vez de intentar sabotear la operación, decidimos erigirnos como una mano de obra de élite. Marchábamos cada mañana silbando jubilosos, intentando aparentar estar más en forma que los militares que nos escoltaban. Tampoco es que fuera muy difícil; los tipos de la Wehrmacht que se suponía que nos tenían que vigilar no se parecían en nada a los matones de las SS que había en Auschwitz. Eran soldados ancianos decrépitos que arrastraban los pies bajo el peso de sus rifles básicos, manifiestamente ineptos para servir a la patria en el servicio activo en cualquiera de los varios frentes de guerra. Debería explicar por qué actuamos de esa manera, pero que quede claro que, como resultado, obtuvimos el odio comprensible de los veteranos, la mayoría judíos polacos que habían llegado a Blechhammer mucho antes que nosotros.

La naturaleza del trabajo cambió por completo cuando empezaron los ataques aéreos. Antes de eso, nuestra tarea consistía en cavar una zanja definida y recta en la tierra del bosque usando palas para luego colocar una buena cantidad de sustrato de piedras sobre las que descansaban después las traviesas, usando un tipo de horquilla ancha de mango corto y de púas con los extremos redondeados. Apenas podía levantarla cuando

116

estaba rebosante de piedras. Había otras herramientas extrañas y maravillosas. Una vez colocadas las traviesas en su sitio, se cargaban los raíles en una especie de tenazas enormes, con al menos una persona en cada uno de los mangos. Este proceso involucraba que todo el equipo trabajara en dos hileras con el raíl entremedio (a menos que fuéramos impares y alguien tuviera la buena fortuna de ser el que sobraba). Finalmente, las piedras se compactaban bajo las traviesas utilizando un tipo de pico que en uno de sus extremos acababa en un martillo contundente en vez de en punta. Me atrevería a decir que todas esas herramientas que me parecían estrafalarias se usaban en las vías de tren en todos lados por aquella época.

Nuestros instructores y supervisores eran dos jóvenes civiles polacos, presumiblemente empleados de la compañía ferroviaria. Aunque no paraban de resoplar y bufar, eran personas decentes, algo de lo que da testimonio la siguiente historia. Su vigilante alemán era un ávido cazador y los bosques de Silesia que nos rodeaban proveían de una buena cantidad de presas. Estaba claro que la puntería no era su fuerte, porque algunas semanas después de nuestra llegada consiguió disparar y matar a su propio perro de caza, un enorme pastor alemán. En un acto inusitadamente generoso, el oficial donó la carcasa canina a nuestros supervisores polacos, que prepararon un festín espléndido con sus restos mortales. También sufrían la escasez de la comida, por supuesto. Sobre todo, la falta de proteína. No nos dieron ninguna porción de carne –eso habría sido hacerse demasiadas ilusiones–, pero conseguimos algo de la sopa. Jamás olvidaré ni ese acto de generosidad ni el delicioso sabor del caldo. Apuesto a que no mucha gente habrá probado la sopa de pastor alemán, pero fue el mejor manjar que comí en todo ese año.

Todos los miembros de nuestra banda de adolescentes sufrían de una extrema privación de sueño. Como anhelo físico, se situaba solo por detrás del hambre. No tenía ningún reloj ni había ninguno que pudiera consultar, pero dudo que durmiéramos más de cuatro horas. Nuestros días empezaban antes del alba, con el recuento matutino. Esto requería que estuviéramos en posición en firmes formando hileras y columnas de múltiplos de diez para que nos pudieran contar. La única excusa válida para no estar presente era haber muerto durante la noche; cualquier otro descuido conllevaba castigos grotescos. A menudo nos dejaban de pie durante horas, cuando la tarea se asignaba a un oficial al que contar en voz alta le resultaba tan agotador que perdía repetidamente la cuenta y tenía que empezar de nuevo. Los oficiales de las SS que tenían problemas contando con los dedos hablaban un alemán atroz con un acento fuertemente marcado; debían de ser voluntarios del Volksdeutsche polaco. Durante los largos días de verano nos mecíamos a consecuencia del cansancio durante los repetidos errores de cálculo, pero, cuando llegó el invierno y teníamos que estar quietos durante horas en el frío pungente, vestidos solo con nuestros finos pijamas de preso, sufríamos de severas hipotermias, hasta el punto de desmayarnos. El procedimiento se repetía a nuestra vuelta por la noche.

«Formad para pasar lista» sigue teniendo hoy en día unas implicaciones siniestras para mí.

La privación de sueño fue el motivo principal de querer ser la «mano de obra de élite». Trabajar tanto tenía el objetivo de persuadir a nuestros supervisores de que nos permitieran dar pequeñas cabezadas bajo el pretexto de que nuestro excepcional desempeño les haría quedar bien a ojos de sus vigilantes alemanes. Solíamos sobornarlos con completar una longitud descomunal de vía en un tiempo determinado a cambio de un rato de descanso cuando estuviera completada. Era una idea mal concebida y abocada al fracaso. Lo único que puedo decir en nuestra defensa es que nuestros supervisores eran demasiado estúpidos como para anticipar el riesgo que suponía. Eran lo bastante astutos como para intentar hacer trampas estableciendo objetivos cada vez más altos, pero no tuvieron en cuenta las consecuencias que podía tener que algún vigilante alemán pudiera aparecer de repente y nos encontrara roncando sobre un montón de traviesas. Lo pagamos caro, por supuesto. A partir de entonces aprendimos a hacer lo que los más veteranos habían estado haciendo todo ese tiempo: dormitar mientras se apoyaban sobre las palas siempre que nadie los estuviera mirando, y nuestra productividad se ajustó más a la media del campo.

Se podría imaginar que un cansancio tan extremo tendría como resultado unas noches de sueño profundo sin pesadillas, pero no. Una tortura que se repetía cada noche en los campos y uno de mis peores tormentos era despertarme de mis sueños felices llenos de episodios de mi niñez para encontrarme en el infierno en el que vivía en realidad.

Uno de los hechos que propiciaban las interrupciones nocturnas era que la mayor parte de nuestra dieta consistía fundamentalmente en sopa, con las obvias consecuencias fisiológicas de tener la frecuente necesidad de orinar. Desafortunadamente, las letrinas estaban a más de trescientos metros de mi bloque. Aunque el camino quedaba a plena vista de la torre de guardia más cercana, tras un tiempo decidí que quizá podía orinar mientras caminaba sin que me dispararan. Era una habilidad que debía perfeccionar, pero, pasada una semana aproximadamente, descubrí que me podía aliviar tras haber cubierto un tercio más o menos de la distancia. Me he preguntado a menudo qué pensaban los guardias sobre mis cambios erráticos de dirección. En invierno este numerito tenía por escenario un paisaje cubierto por una espesa capa de nieve blanca, y dejaba dibujadas unas marcas amarillas preciosas parecidas a las obras de Jackson Pollock, todo bajo la mirada atenta de los focos de la torre de guardia. Como no me gané ningún disparo, quiero pensar que los guardias recibían con los brazos abiertos el pequeño espectáculo nocturno que les ofrecía durante sus largas y frías noches de servicio. De vuelta en mi bloque tenía que volver a subir a mi nivel de la litera y meter con calzador mi cuerpo frío y a veces húmedo entre mis compañeros que dormían hacinados. Como todos teníamos necesidades similares, el trasiego apenas favorecía que nos sumiéramos en un sueño profundo, ni siquiera durante unas pocas horas.

Un aspecto de Blechhammer que ayudó a que nuestras vidas fueran algo más soportables fue la posibilidad de disfrutar de un poco de contacto con el mundo exterior. Se trataba de algo puramente visual, por supuesto; no nos estaba permitido interactuar con los civiles, pero incluso ver gente corriente que seguía con sus vidas rutinarias era un soplo de esperanza después de un año y medio en los campos. Además, de vez en cuando tenía la oportunidad de leer retales de diarios alemanes que encontraba en el suelo, que me ayudaban a sentirme parte de la raza humana, aunque las noticias fueran siempre deprimentes. Según los periódicos no había derrotas alemanas, solo victorias. Más concretamente, leí sobre las recién desarrolladas armas V (*Vergeltungswaffen*), que iban a destruir el Reino Unido de una vez por todas, incluyendo a mi padre. Nadie podría haber adivinado, por lo que podía leer, que quedaba menos de un año para la derrota total del Tercer Reich.

Y entonces llegaron los ataques aéreos. Los alemanes debieron de haber previsto ese acontecimiento. Habían perdido el acceso a algunos de los campos petrolíferos del este y la producción de combustible sintético pasó a ser algo imperativo. Además de las sirenas y las plataformas de artillería antiaérea, habían estado construyendo enormes refugios contra los bombardeos. Vi uno de ellos a medio edificar el día que llegamos. Los trabajadores estaban vertiendo hormigón sobre un armazón revestido de paneles de madera, que claramente se habían diseñado para usar varias veces. El refugio era un túnel semicilíndrico largo que terminaba en unas torres cuadradas con sendos accesos; las paredes debían de tener un grosor de dos metros. Mucho tiempo después vi el efecto del impacto directo de una bomba en ese túnel. Arrancó un pedazo del hormigón, aunque no era más que una pequeña porción del grosor de la pared. Me dijeron que murieron dos personas que había dentro, o bien por la onda expansiva que atravesó la pared contra la que estaban recostadas o debido a que les cayó encima algún tipo de equipamiento que estaba fijado a ella. No cabe duda, sin embargo, de que la mayor parte del interior quedaba indemne incluso tras recibir varios impactos directos. Todo esto no era más que un interés académico para nosotros, puesto que no se nos permitía el acceso a los refugios.

También había unos bidones de metal revestido dispuestos a intervalos regulares a lo largo de los caminos de la planta. Estaban dotados de unas alcachofas que generaban una niebla espesa para ocultar los trabajos segregando químicos líquidos (¿tetracloruro de titanio?) que reaccionaban con la humedad del ambiente. La niebla era dolorosamente corrosiva para los pulmones, sobre todo cuando alguien la inhalaba en grandes bocanadas cuando le faltaba el aliento por estar huyendo de un bombardeo. Ocultar las operaciones que se hacían allí acabó siendo algo bastante inútil, ya que la Fuerza Aérea de los Estados Unidos entabló combate mediante bombardeos masivos desde una altitud elevada. De hecho, en una bendita ocasión, cuando el viento desplazó hacia el bosque toda la nube química que funcionaba como cortina de humo, los americanos dejaron caer las bombas sobre los árboles en vez de en el campo.

Los bombardeos empezaron un día soleado. Nos distrajimos de nuestro trabajo al oír dos aviones bimotor que volaban a gran velocidad y baja altitud, por debajo de las chimeneas de la fábrica. Mucho tiempo después se me ocurrió que debían de estar llevando a cabo un reconocimiento visual. De hecho, el sentimiento predominante que sentía siempre que veía aviones aliados era de envidia hacia los afortunados pilotos, que, para mi completo asombro, volverían a estar en sus propias camas, en el mundo libre, solo unas horas más tarde. Durante los días siguientes, los trabajadores se dedicaron a acortar las chimeneas de la fábrica para que no sobresalieran por encima de la niebla química.

Después de eso, los bombarderos aparecían cada viernes soleado. Muchos años después supe que la captura de las bases aéreas en el norte de Italia había permitido que Blechhammer quedara dentro del rango de ataque de los nuevos bombarderos Flying Fortress de la Fuerza Aérea de los Estados Unidos. Los vi en una ocasión, cuando me sorprendieron a la intemperie sin haber sido capaz de encontrar refugio en el espacio de tiempo entre el aullido de las sirenas y el zumbido de los aviones. Volaban en formación a una altura que me pareció desorbitada, como si fueran una nube blanca de elevada altitud (hasta ese momento no había visto nunca aeroplanos volar tan alto; hoy en día no se puede levantar la vista al cielo sin ver varios aviones a esa altura). Bombardearon masivamente la fábrica sin romper la formación ni modificar la altitud, por lo que pude valorar. En aquella ocasión, una bomba explotó tan cerca de donde me encontraba estirado en el suelo que noté cómo mis piernas salieron despedidas por los aires. Afortunadamente no me hice daño, más allá de una lesión en el oído que todavía persiste. Debido al suelo tierno del bosque, las bombas penetraban profundamente en él antes de explotar, dando como resultado unos cráteres escarpados y estrechos.

Intentabas no quedarte nunca a la intemperie. Nuestros guardias se escabullían hacia sus sólidos refugios antiaéreos, a los que nosotros teníamos el paso vetado, al oír la primera nota de las sirenas. Nosotros nos quedábamos solos y debíamos rastrear en busca de cualquier escondrijo cercano que pudiéramos encontrar, dependiendo de dónde nos encontráramos en aquel momento. Cuando estábamos cerca de los edificios de la fábrica, el objetivo era localizar el sótano más profundo sobre el que se alzara el mayor número posible de pisos.

En varias ocasiones acabamos en una bodega en la que se almacenaba el carbón, debajo de un edificio muy grande. Debía de ser la planta generadora central o la planta de conversión del carbón en petróleo. Lo que importaba era que se elevaba cinco plantas por encima del nivel del suelo, aunque eso no nos hacía sentir seguros. Atacaban el edificio varias veces durante cada asalto y escuchábamos, aterrorizados, cómo las bombas traspasaban un piso tras otro antes de explotar. Salíamos despedidos por las poderosas ondas expansivas y escuchábamos cómo los escombros caían antes de que el siguiente impacto penetrara todavía más profundamente. Después de los bombardeos, hasta el último de nosotros se levantaba del suelo con el aspecto de un aprendiz de deshollinador. Si por aquel entonces hubiese sabido lo que sé ahora sobre las explosiones del polvo de carbón, quizá habría buscado un refugio alternativo.

A veces estábamos trabajando en zonas en las que era imposible encontrar un refugio adecuado. En esas ocasiones, teníamos que salir corriendo e intentar llegar a las zanjas que rodeaban la periferia de la planta. Mi padre me había enseñado a cubrir largas distancias a una velocidad asombrosa alternando la carrera con el paso rápido, aunque con ello me quedara completamente sin aliento (y no tuvimos presente los efectos corrosivos para los pulmones que causaba inhalar grandes bocanadas de aquella niebla química). No solo estaban alejadas las cunetas, sino que además ofrecían una protección muy limitada. Podían escudarte de la mayoría de la metralla de las bombas, pero ni por asomo soportaban un impacto directo.

Siempre me habían dicho que las bombas silban cuando caen, pero no es eso lo que experimentábamos cuando nos arrasaba con proyectiles la numerosa formación de bombarderos. En vez de eso, sentíamos un zarandeo espeluznante que nos sacudía los pulmones y el cuerpo y que se elevaba en un *crescendo* insoportable cuando los aviones se nos venían encima. Las vivencias en los campos me han permitido, en general, saber qué cosas te pueden ocasionar un pánico ciego, y no me tiembla el pulso al colocar esta experiencia en concreto en las primeras posiciones de mi lista de horrores.

Curiosamente, antes de empezar a escribir esta crónica, siempre había asociado aquel tremor pulsante con la interacción de un vasto número de bombas que surcaban la atmósfera a todo meter, tal vez rozando la velocidad sónica. Ahora que he visto metrajes de bombardeos masivos enfocados desde arriba, he podido comprobar que hay ondas expansivas individuales, así que he llegado a la conclusión de que lo que oíamos y sentíamos era la superposición de las sucesivas ondas causadas por los impactos, mientras se acercaba hacia nuestra posición lo que era el «borde» del bombardeo, que se cernía sobre nosotros horizontalmente, no verticalmente. En términos de tiempo y duración, el resultado habría sido bastante parecido; la altitud a la que volaban los aviones debía de ser del mismo orden que las dimensiones de la fábrica, y la velocidad límite de las bombas no muy distinta a la del «borde» del bombardeo que se acercaba; es decir, la misma que la de los aviones.

Mientras estábamos sentados sobre montones de planchas de madera y se oía cómo el aire zumbaba con una intensidad creciente, aterrorizados por las fuerzas titánicas que nos iban a despedazar inminentemente, veía a todo el mundo con los ojos cerrados y moviendo los labios en una súplica silenciosa. Sabía que muchos de los que rezaban afirmaban no ser creyentes, pero nadie era ateo en aquel surco en la tierra. Durante los años posteriores he estado dándole vueltas a esto, a las creencias de mis amigos. Creo que habían renegado de la religión, y aun así ante un peligro mortal anhelaban el consuelo que proporcionaba la plegaria a un dios.

Los conceptos de religión organizada y creencias personales son bastante distintos, según mi parecer. Puede ser que la predisposición a creer en un dios personal se origine en la niñez debido a nuestra dependencia de una figura parental dominante que nos ofrezca consuelo y protección. Sin embargo, como creer en un dios resulta sumamente útil para la supervivencia, la evolución fraguada durante varias generaciones ha dado como resultado que le hagamos sitio en nuestras mentes a algún tipo de dios o ente parecido. Eso podría explicar por qué todas las comunidades humanas han venerado a una o varias deidades. Las religiones, por otro lado, según mi opinión, son una creación claramente humana y simplemente han sacado partido de estos sentimientos intrínsecos. Se puede hacer llamar cura, druida, profeta o chamán cualquiera que se ponga un sombrero estrafalario y diga: «Dios me ha hablado y me ha dicho que soy su representante en la Tierra y el único que puede ejercer su autoridad». Esta probablemente sea la segunda profesión más antigua de la historia. Aunque el mensaje varía en los detalles, por lo general, suele prometer el sufrimiento eterno si te sientes tentado a ignorarlo y, más importante, requiere adeptos que aborrezcan y persigan a su competencia, es decir, las demás religiones. ¿Quién puede contar las muertes y el espantoso sufrimiento que los conflictos religiosos han desatado en la humanidad en el pasado y siguen haciéndolo en el presente? Por ese motivo mis pobres amigos habían repudiado la religión. Cuando se vieron en una situación en la que sus vidas peligraban, buscaron desesperadamente rescatar esa fe que habían desechado..., o eso me pareció a mí.

En cualquier caso, nosotros sobrevivimos a aquella experiencia; otros no tuvieron tanta suerte. Uno de los refugios, que no era más que una cueva en el suelo rodeada por un gran montículo de tierra, había sido alcanzado y había colapsado, enterrando a sus ocupantes. Regresamos a por nuestras herramientas a la vía férrea en la que habíamos estado trabajando antes del ataque, y estábamos a punto de empezar las labores de rescate cuando, desafortunadamente, un guardia de las SS apareció para evaluar los daños. Teníamos las palas sobre los hombros, dispuestos a cavar para sacar a los que seguían debajo del refugio derrumbado, pero nos ordenaron que volviéramos a trabajar en las reparaciones de la vía. Esa fue la vez que estuvimos más cerca de amotinarnos. El guardia sacó su pistola y nos gritó que mataría a cualquiera que desobedeciera la orden de volver al trabajo. Por supuesto, siempre habíamos intentado evitar mirar a los guardias a los ojos, pero esa fue la primera vez que me quedé con la vista llena de desdén clavada en el guardia y su pistola.

La devastación y la carnicería de los ataques aéreos nos habían llevado a la línea del frente de guerra. Había fuegos, edificios reducidos a escombros, cráteres en los caminos, postes de telégrafo rotos como si fueran cerillas y cables de luz por el suelo; algunos exhibían arcos voltaicos brillantes y chisporroteantes por las hebras cercenadas de los cables. También había bidones de niebla perforados por la metralla, de cuyos agujeros emanaba el humo químico pungente. Lo que las bombas hicieron a nuestros raíles fue bastante espectacular, sobre todo aquellos proyectiles que habían caído entre ellos: las explosiones los habían separado y habían convertido las vías en escaleras gigantes.

Los raíles discurrían por al lado de las carreteras y sobre ellos había unas grúas pórtico que sostenían unas tuberías enormes. Algunas de ellas contenían líquidos inflamables, o al menos así era cuando la planta todavía estaba operativa. De esta manera, lo que a menudo nos ordenaban que arregláramos eran unos raíles rotos que apuntaban al cielo y cuyas vías habían perforado una de las tuberías, así que un aceite en llamas lo envolvía todo. La reparación, una vez que habíamos extinguido el incendio, requería que reemplazáramos la vía dañada. Desatornillar los raíles curvados tenía como consecuencia que estos cayeran al instante a gran velocidad. La dirección era impredecible, como lo era hacia dónde podían rebotar una vez que el metal retorcido golpeaba el suelo. Hacíamos todo lo posible por quitarnos de en medio, por supuesto, pero fue pura suerte que ninguno de nosotros acabara muerto.

Hablando de milagros, algunas de las cosas que me ocurrieron me parecen tan implausibles ahora que he meditado profusamente si comentarlas o no, para evitar que el lector pueda llegar a sospechar que me las he inventado. Reconsiderándolo, creo que no hacerlo sería tan deshonesto como mentir abiertamente, así que ahí va. A veces la artillería antiaérea abría fuego cuando sonaban las sirenas, pero mucho antes de que apareciera cualquier avión. No sé qué es lo que hacían; quizá estaban calculando la altura a la que explotaban los proyectiles. De vez en cuando, oíamos un golpeteo, como si nos cayeran encima grandes piedras de granizo. Era la metralla de la artillería antiaérea, con los bordes puntiagudos y demasiado calientes como para cogerla. En una ocasión se me ocurrió que tal vez fuera buena idea sostener sobre la cabeza mi sartén portátil. Al cabo de poco, oí un golpe sordo, y una hendidura profunda apareció en el metal. Completamente asombrado, le dediqué una plegaria silenciosa de agradecimiento a mi ángel de la guarda.

Para finales de otoño todo el mundo debió de ver claro que el trabajo de miles de operarios de diferentes especialidades caía en saco roto; un pensamiento altamente traicionero, puesto que toda la máquina de guerra alemana dependía críticamente de una provisión ininterrumpida de petróleo. Si los aviones hubiesen tenido un único objetivo más específico, quizá se podrían haber reparado los daños causados a tiempo, pero los bombardeos masivos continuados destruyeron toda la infraestructura, junto con todos los objetivos principales, con el fin de dejarlo todo inoperativo. Estaba claro que de esa manera los alemanes no podrían producir el petróleo suficiente, ni siquiera para rellenar los encendedores de sus cigarrillos.

El Kommandatur del campo reaccionó en represalia en una ocasión ejecutando a uno de nosotros por sabotaje. Una noche, cuando ya habíamos regresado al campo, nos hicieron formar hileras como si fueran a pasar lista. Era evidente lo que iba a ocurrir, porque nos obligaron a mirar de frente, hacia un podio en el que se erigía uno de los postes de hormigón cuyos extremos acababan en una ligera curva y que normalmente se usaban como soporte para la alambrada de pinchos electrificada. Había una silla colocada justo debajo. El comandante del campo, que apareció con el prisionero, varios ayudantes y una cuerda, dio un breve discurso. Conseguí bloquear la mayor parte, pero llegué a captar que el motivo de la pena de muerte era el sabotaje.

Intenté usar mi técnica habitual de abstraer la mente –mirar sin ver o registrar– pero me distrajo un grito ahogado que se elevó de entre la multitud cuando la cuerda se rompió y el hombre cayó sobre el escenario. Aunque parezca mentira, toda la acción se repitió una segunda vez, con el mismo resultado. Estaba claro que los ayudantes debían de haber manipulado las cuerdas, bajo la suposición de que a ningún hombre lo pueden colgar dos veces. Deberían haber sabido que los nazis no reconocerían esa ley; en el tercer intento, con una cuerda nueva, el pobre hombre murió al fin.

El acto de «sabotaje» por el que lo ejecutaron se trataba de uno del que muchos de nosotros éramos culpables. Cuando describí nuestro calzado antes, no mencioné que los lazos estaban hechos de un material un poco más resistente que el papel doblado. Tendían a desintegrarse, sobre todo cuando se mojaban. Entonces te desplazabas renqueando hasta que encontrabas algún lazo adecuado con el que sustituirlo. Por suerte, generalmente no se tardaba mucho en encontrar fragmentos de cuerda o cable más o menos idóneos por el suelo del lugar de trabajo. Después de los bombardeos, apareció una nueva y abundante fuente en forma de finos cables de teléfono que resultaban de lo más efectivos. Sin embargo, una punta del cable generalmente seguía adherida al poste caído de telégrafo. Como era obvio que el sistema ya no se podría reparar, nunca se nos ocurrió que agenciarnos una cantidad suficiente como para usarla como cordones para las botas se podría llegar a malinterpretar como sabotaje. El ahorcamiento provocó una rápida revaluación de los materiales que teníamos disponibles para sustituir los cordones de las botas. Los alemanes nos podían matar por capricho en cualquier momento; no valía demasiado la pena ofrecerles cualquier tipo de inspiración adicional.

El otoño dio paso al invierno y el clima se tornó extremadamente frío, con heladas y nieve. Sufríamos de hipotermia durante los eternos recuentos, un padecimiento que usaban como forma de castigo. Lo que no sabíamos, aunque supongo que los alemanes sí lo sospechaban a pesar de toda su propaganda, era la derrota aplastante que habían sufrido sus ejércitos en el frente del este y por ende la amenaza inminente que representaba el ejército ruso. De hecho, el inicio de la ofensiva rusa marcó el inicio de 1945, y para cuando llegó el 21 de enero ya había empezado la evacuación de Blechhammer. A partir de entonces, solo oíamos en ocasiones esporádicas el sonido de la artillería.

No se fue todo el mundo. Un amigo mío se escondió en uno de los muchos ensilados de patata que se erigían alrededor de la periferia del campo. Los alemanes rebuscaron a conciencia por los bloques, pero solo lanzaron granadas de mano por los conductos de ventilación de los ensilajes. Nuestros guardias parecían tener mucha prisa por irse, claramente porque se imaginaban el destino que los aguardaba si el ejército ruso los sorprendía reuniendo columnas de trabajadores esclavos raquíticos con pijamas de rayas. Los soldados rusos, en concreto aquellos que habían sobrevivido a la ocupación nazi, gozaban de una reputación bastante espantosa de tomarse la justicia por su mano. Mi amigo salió ileso de las granadas y fue liberado por el ejército de Kónev. Después de la guerra descubrí que, como era el vástago de un fabricante extremadamente rico de locomotoras, lo enviaron a un campo de reeducación soviético.

A menudo me he preguntado lo diferente que habría sido mi subsiguiente vida si hubiese intentado esconderme como hizo él. Viendo el resultado en estadísticas, el índice de éxito de que no te matara una de las granadas de mano probablemente fuera ligeramente más alto que el de sobrevivir a lo que les ocurrió al resto de los prisioneros. Por otro lado, si me hubiesen liberado los soviéticos, probablemente no me habría podido reunir con mi padre en el Reino Unido antes de que cayera el Telón de Acero, pero esto no son más que conjeturas vacías.

Nos proporcionaron comida empaquetada para la marcha: un pedazo inusualmente grande (aun así, de menos de un kilo, diría) de nuestro «pan de corcho», algo de margarina (que sospecho que contenía aceite inorgánico hidrogenado) y un poco de esa masa grumosa artificial y blancuzca a la que llamaban eufemísticamente «miel». Puede ser que nadie previera que la marcha se iba a alargar durante doce días.

Así que, habiendo llegado a Blechhammer un caluroso día de verano en la parte trasera de un camión vestido con mi propia ropa, me marché siete meses más tarde, a pie, con un frío que pelaba, caminando fatigosamente por las altas capas de nieve, con calzado con suela de madera y llevando puesto el fino pijama de la prisión.

Capítulo 8

La caminata más larga,
el viaje en tren más frío

Otra vez no tenía la más remota idea de dónde estaba o adónde nos dirigíamos hasta que sesenta y cuatro años más tarde investigué en la documentación disponible en la web. Esa fuente de información me reveló que fuimos caminando hasta pasar por Kole, Neustadt, Glucholazy, Neisse, Otmuchow, Zabkowice Slaskie, Scweidnitz y Strzegom hasta que nosotros, los supervivientes, llegamos al campo de concentración de Gross-Rosen doce días después. Muchos se rindieron durante la travesía y se tendieron junto al camino, a sabiendas de que ello comportaría el fin de sus vidas. Todo el mundo tiene un punto límite que una vez superado, por más fuerte que sea el espíritu, hace que tanto el cuerpo como el cerebro claudiquen. Gracias a mi juventud y a mis antecedentes, todavía no había alcanzado esa frontera, aunque no me faltaba demasiado. Más tarde supe que unos ochocientos de los nuestros murieron o los mataron durante el trayecto. Los soldados apilaban los cuerpos formando un montón alto en una carreta de granja tirada por un caballo y que nos seguía en la retaguardia. Cruzamos bosques, seguimos carreteras y atravesamos campos, todo cubierto de nieve.

Puede que no supiéramos hacia dónde nos dirigíamos, pero no teníamos ninguna duda de que estábamos huyendo. Y no estábamos solos. Nos adelantaban pequeños grupos que avanzaban a más velocidad que nosotros compuestos por prisioneros de guerra que iban ataviados con elegantes uniformes de las fuerzas aéreas y demás ropas militares aliadas. Los escoltaban menos guardias y de hecho tenían algunas posesiones personales, que arrastraban consigo en pequeños trineos.

Cada dos por tres obteníamos un regalo para la vista: un convoy del ejército alemán que se batía en retirada a toda velocidad y que nos obligaba a refugiarnos en la cuneta. Cuando saltábamos a ella, esperábamos fervientemente que estuviera congelada por completo y que no contuviera agua líquida o barro. Para nosotros, la indignidad y la incomodidad bien valían la pena a cambio del espectáculo que era ver a los soldados alemanes congelados, exhaustos, abatidos y con los rostros cenicientos y los miembros envueltos en vendajes sanguinolentos, miembros de un ejército derrotado, cuando nos adelantaban con sus cañones. En nuestra situación, y recordando su antigua gallardía y las atrocidades que habían perpetrado, debías tener un corazón de hielo como para que no se te llenara de alegría ante esa visión. De manera apropiada, nuestros sentimientos se podían describir con la palabra alemana «*Schadenfreude*» («alegría del mal ajeno»). Quizá estábamos siendo testigos del nacimiento de algún tipo de justicia, aunque fuera muy poco probable que consiguiéramos ver sus frutos. Hay una pintura famosa del siglo XIX, obra de Adolf Northern, titulada *Retirada de Napoléon en Rusia*. En ella los soldados visten con uniformes diferentes y no disponen de ningún transporte motorizado, por supuesto, pero las expresiones faciales de arrogancia aplastada y abatimiento son idénticas. Esa representación debería servir como una funesta advertencia para cualquier hombrecillo de ambiciones altivas que presuma de poder enfrentarse al invierno ruso.

A la caminata la llamaron «marcha», pero en realidad fue más bien una travesía ardua en la que arrastramos los pies y renqueamos. Por la noche nos encerraban en construcciones anexas a granjas, establos y cobertizos. En una ocasión me acosté en lo que parecía ser un montón cómodo de polvo blanco, solo para despertarme al cabo de poco con una sensación de ardor a lo largo de la espalda; debía de haber elegido un montículo de algún tipo de fertilizante químico como cama. Normalmente me decantaba por la paja.

De vez en cuando era posible encontrar algo de comer. Los pedacitos de nabo, de colinabo e incluso las hojas podridas de col proporcionaban una pequeña cantidad de nutrientes. Afiancé la idea de que no te puedes morir de hambre en el campo. No recuerdo haber tenido ganas de defecar durante todo el periodo que duró la marcha. La única comida alta en calorías que fui incapaz de ingerir fueron las remolachas azucareras. Solo conseguí tragar un bocado antes de que su abrumador dulzor se convirtiera en amargor y náuseas.

Una noche atisbé una vaca en un establo cerca del granero y me escabullí en las penumbras con la intención de ordeñarla y verter la leche en mi estropeada sartén portátil. Nunca había ordeñado una vaca antes, pero lo había visto hacer muchas veces. El animal parecía complacido –o al menos no me arreó una patada en la cara, como había temido– mientras lo estrujaba con los dedos en un movimiento descendiente. Conseguí extraer algunos chorros antes de que el sonido de las botas de un guardia sobre la nieve me hiciera poner pies en polvorosa. Aun así, logré uno o dos sorbos de nutritiva leche caliente.

En las ocasiones en las que podíamos dormir sobre montones altos de paja, algunos intentaban ocultarse escarbando en ella antes de la hora de partida de la mañana siguiente. Cuando los guardias venían a buscarnos, colocaban las bayonetas en sus rifles y perforaban la paja por varios lugares. Yo jamás me atreví a correr ese riesgo, mayormente, la verdad sea dicha, porque siempre he estado más preocupado por la manera que por el momento de mi muerte. Idealmente, me gustaría que mi hora llegara tras hacer un repaso de todas las experiencias maravillosas de mi vida, quedarme dormido y no despertarme más. A menudo me atraía la opción de permitir que mi cuerpo se congelara hasta la muerte. Al fin y al cabo, una vez que te habituabas a la agonía del frío penetrante, permanecer con vida se basaba en pelear contra la fatiga y el deseo constante de tumbarte en el suelo y echarte a dormir. Durante todo el cansancio y frío de la marcha, la suave nieve blanca me parecía de lo más atrayente. Que me apuñalaran con una bayoneta, sin embargo, sería la antítesis por completo de lo que tenía en mente para mi partida de este mundo. A modo de apunte, debo comentar lo triste que me parecen los valores que rigen el mundo actual, en el que cualquier solicitud pública de poder gozar de la libertad de elegir legalmente cómo la personas quieren morir provoca una algarabía instantánea de parte de los grupos de presión formados por fanáticos religiosos y expertos de la medicina paliativa.

Algunos ítems mundanos, como periódicos antiguos y cordeles, se convirtieron en productos de lujo. El papel de diario es un buen aislante ligero contra el frío y los cordeles son necesarios para sujetarlo. Al inicio de la marcha contaba con un par de viejos calcetines de tela que a saber de dónde los había sacado. Cuando la tela de los calcetines se acabó desintegrando por completo, usé cualquier retal de papel que pudiera encontrar en su lugar.

Desarrollé congelación en ambos pies. Empezó donde los pliegues de la empella se juntaban en el empeine del pie, justo por encima de la articulación del dedo gordo (lugar en el que todavía tengo las cicatrices en la actualidad). Lo que ocurre con la congelación, si no se hace nada al respecto, es que el tejido muere y deja de doler. Más dedos se ven afectados gradualmente y el daño se extiende. A un número importante de los pocos de nosotros que sobrevivimos tuvieron que amputárselos. A mí no me ocurrió porque intercambiaba mis botas con las de aquellos que ya no las necesitaban; había multitud de cadáveres en los graneros cada mañana. Todos los zapatos apretaban y dolían, pero en lugares distintos, siendo ese precisamente el objetivo.

Normalmente tenía que probarme más de un par en el poco espacio de tiempo del que disponía. Mis opciones aumentaron a medida que pasaban los días y nuestros escoltas, sobre todo los ancianos de la Wehrmacht, se mostraban más indulgentes por las mañanas. Ellos vestían con mejores ropas y, presuntamente, tenían algo de comida, pero al menos no nos obligaban a acarrear armas pesadas o hacer guardias nocturnas.

Así que, en el duodécimo día, lo que quedaba de nuestras filas llegó cojeando –nos limitábamos a arrastrar un pie para ponerlo delante del otro, en modo automático– al campo de concentración de Gross-Rosen.

No guardo demasiados recuerdos de mi estancia en Gross-Rosen más allá de una o dos escenas retrospectivas. Una que he mencionado anteriormente es la de los cadáveres ennegrecidos que colgaban de la verja de alambres de espino electrificados. En Gross-Rosen estaba claro que era posible suicidarse mediante la electrocución de esa manera sin que te dispararan, al menos en aquel momento. Con los cientos que llegaban a pie y se tenían que despachar por tren, el campo estaba sumido en una situación completamente caótica. Tras examinar los archivos históricos, me sorprendió descubrir que mi estancia allí debió de durar cinco días. Pensaba que habían sido dos o tres, pero quizá depende de si cuentan los días de llegada y de partida.

No creo que, en aquella ocasión, mi amnesia fuera el resultado de una deliberada supresión de la memoria.

La verdad es que para cuando llegamos al campo estaba tan cansado, raquítico y congelado que mi cerebro había dejado de funcionar con normalidad. Solo estaba medio vivo. Tal vez bajo esas condiciones la muerte no sea una interrupción, sino más bien un proceso gradual. Tenía la esperanza de que ese estado pudiera ser reversible, aunque, igual que ocurre con los dedos congelados, no hay manera de revivir las partes que han sobrepasado el punto de no retorno.

Mucho tiempo después de estos eventos, me pregunté por qué había sido necesario que nos arrastraran hasta Gross-Rosen para transportarnos a Buchenwald. Cuando se giraron las tornas de la guerra, Hitler decretó que no se permitiera que ningún prisionero vivo pudiera caer en las manos de los Aliados. Asignaron esa tarea a los letales Einsatzgruppen para asegurarse un resultado satisfactorio. Supongo que la presión de los rusos en el norte fue tan rápida que intentar usar la cabeza de línea del tren de Auschwitz podía incurrir en el riesgo de que los sobrepasaran antes de que la evacuación se hubiese completado, y Gross-Rosen era la estación más cercana que todavía se podía considerar segura. De hecho, los rusos liberaron Gross-Rosen el 13 de febrero, justo una semana después de nuestra partida. Lo sé porque me lo contó un recluso de Gross-Rosen que tenía el trabajo de enterrar los cadáveres que le traían en las carretas de madera que seguían a las hileras de prisioneros evacuados. Tras la liberación gracias a los rusos, tuvo que enfrentarse a otro largo camino hasta Checoslovaquia.

Me gusta analizar los ajustes progresivos que Hitler le

dio a su «solución» para la «cuestión judía» como una manera de obtener una visión interna de su manera de pensar. El resultado final que tenía previsto desde un inicio no cambió nunca, por supuesto, pero el proceso para llegar a ese fin pareció pasar por tres fases distintas. Mientras que su *Blitzkrieg* («guerra relámpago») le estaba dando resultado para invadir el oeste de Europa y el Tercer Reich se encaminaba a su objetivo de «durar mil años», el problema técnico que se le presentaba era cómo deshacerse de un vasto número de cadáveres, ya que asesinar era mucho más rápido y fácil que incinerar o enterrar. Sin embargo, para cuando me enviaron a Blechhammer, Hitler necesitaba mantener a los esclavos de trabajos forzados vivos durante un poco más de tiempo, ya que la guerra había mermado por completo la mano de obra alemana. Durante la tercera fase se decretó que no se permitiera que ningún prisionero pudiera caer en las manos de los Aliados. ¿Podía esta medida poner de manifiesto el temor a que quizá llegaría el amanecer de un día de justicia y ajuste de cuentas, en el que todos los que quedaran vivos pudieran testificar todas sus atrocidades?

El tren en el que nos amontonaron estaba formado por vagones de caja abierta, de los que se usan para transportar carbón. Los paneles laterales no debían de sobrepasar el metro. Era la última hora de la tarde y el cielo estaba prácticamente oscuro. Las experiencias pasadas me habían enseñado a dirigirme directamente hacia una de las paredes laterales para tener algo contra lo que apoyarme y que me sujetara la espalda. Tuve la suerte de encontrar un rincón en la parte opuesta a por donde habíamos subido. Quiero enfatizar la suerte que tuve porque pronto quedó claro que éramos demasiados, al menos en nuestro vagón, como para que todos pudiéramos encontrar un espacio suficiente donde sentarnos. Quizá lo hubiéramos hecho mejor si hubiésemos tenido más luz y nos hubiéramos organizado entre nosotros. En vez de eso, empezaron los empujones cuando los presentes se dieron cuenta de que si se pasaban un viaje largo dando bandazos sus posibilidades de sobrevivir disminuirían drásticamente. Una vez sentado, era imposible moverse... cualquier hueco que se abría se desvanecía al instante bajo otro par de nalgas huesudas.

En pleno alboroto, un polaco enorme que no conseguía encontrar sitio decidió sentarse encima de mí. Supongo que yo exhibía un aspecto pequeño y vulnerable. Si se hubiese salido con la suya, ese habría sido mi final, puesto que me doblaba en tamaño. Me salvó otro pequeño milagro. Cuando me llevé los brazos a la espalda para prepararme, noté con la mano un pequeño objeto metálico, que resultó ser unas pequeñas tijeras de manicura. Estaba claro que no era la primera vez que se usaba aquel vagón para el transporte de personas.

No pude encontrar en mí el valor para apuñalar a otro ser humano, ni en aquel instante ni ahora. Digamos que permití que su trasero hiciera contacto con la punta afilada de las tijeras que sostenía con las rodillas cuando se desplomó sobre mí. Se oyó una retahíla de insultos en polaco y unos puños gigantes se agitaron en el aire, aunque estaba demasiado oscuro y éramos demasiados como para que el individuo pudiera localizar al culpable. Por cierto, por más que adore la riqueza de la lengua inglesa, cuando se trata de maldecir, no está en la misma liga que los idiomas eslavos en cuanto a profundidad, intensidad e inventiva.

Aunque no causé ningún daño severo, este episodio me ayuda a explicar por qué me siento agradecido, pero nunca orgulloso, de haber sobrevivido a los campos. Según mi punto de vista, nosotros, los supervivientes, en cierto modo hemos sido unos egoístas. No sacrificamos nuestras vidas para que otros pudieran tener alguna oportunidad de vivir. Así las cosas, la supervivencia me parece que no es un acto heroico, sino más bien como haber ganado la lotería contra todo pronóstico y sin haber comprado ninguna papeleta. Es fácil fantasear con que debía de haber alguna profunda razón subyacente para haber sobrevivido, pero al final probablemente solo se trate de una combinación de suerte y de una tendencia a la autopreservación.

Por lo que he podido comprobar, la distancia entre Gross-Rosen y Buchenwald (cerca de Weimar) es de unos cuatrocientos kilómetros. Un tren muy lento debería poder hacer ese recorrido en unas ocho horas. Nuestro viaje duró unos tres o cuatro días, según dicen los estudios (en mi memoria se alargó durante incontables jornadas y noches). Nuestro tren se pasó la mayor parte de ese tiempo cambiando a vías laterales para dejar paso a las tropas y otros transportes de guerra más importantes. Presenciamos varios ataques aéreos y llegamos a la conclusión de que se habían olvidado de nosotros e íbamos a morir allí (como de hecho fue el destino de muchos). No nos dieron nada para beber ni comer. Afortunadamente, disponíamos de montones de nieve. No era muy nutritiva, pero al menos no nos deshidratamos del todo. La nieve era una bendición agridulce, aunque si hubiese llovido no habríamos tenido los medios para acumular el agua y bebérnosla en cantidades útiles.

En una ocasión, un avión aliado nos ametralló, supongo que tras confundir nuestro tren con uno de transporte de tropas, a pesar de nuestros pijamas de rayas. Afortunadamente, nuestro vagón no recibió ningún impacto. Me hizo valorar la verdad que yace en el dicho según el cual siempre hay alguien en una situación peor que la tuya. Estar encajado entre cuerpos, algunos de los cuales eran ya cadáveres y estaban literalmente tiesos, suponía una situación bastante mala, pero al menos estábamos sumidos en un ambiente calmado y apacible. No quiero ni pensar cómo habría sido esa experiencia con el alboroto de personas heridas aullando de dolor y no ser capaz de proporcionar ningún tipo de ayuda y verme obligado a sentarme sobre sangre coagulada y helada durante varios días seguidos.

Cuando llegamos, el 10 de febrero de 1945, yo fui uno de los pocos que pudo salir del vagón por su propio pie. Había varios cadáveres congelados. No sé cuántos murieron y no me detuve a contarlos. Debí de funcionar en piloto automático, sin siquiera darme cuenta de que me quedaba menos de una hora para el colapso total. Si estaba medio muerto en Gross-Rosen, en aquel momento debía de encontrarme sobre los tres cuartos. Se me hace difícil explicar el sentimiento a alguien que no lo haya experimentado, pero en esa situación la percepción propia se atenúa, te mueves por inercia y tienes la sensación de que el olvido total es inminente.

Capítulo 9

Buchenwald

Ni en mis sueños más alocados podría haberme imaginado que apreciaría la «sauna» de un campo de concentración como si fuera algo del paraíso. Después de la usual limpieza con DDT (o el equivalente alemán para el polvo contra los piojos), pasamos a las duchas. El agua salía caliente y el pasillo rezumaba calor. Había olvidado lo que significaba la calidez. Fue un momento dichoso. No se me había desentumecido la piel desde que las heladas del otoño habían empezado, hacía casi medio año.

En aquel instante decidí rendirme y dejar de pelear. Pensé que era un buen lugar para morir. No iba a volver a salir al frío jamás. Me tumbé en el suelo con el firme propósito de no levantarme. Creo que me desmayé.

Si mi cerebro hubiese estado funcionando con normalidad, habría dado por sentado que morir en la sala donde nos secábamos, adyacente a la sauna, iba en contra de las normas. Me arrepentí de mi momento de debilidad poco después. Cuando recuperé la consciencia, estaba tumbado en una camilla y me transportaban por la nieve dos reclusos veteranos de Buchenwald. Por mi experiencia en Auschwitz, supuse que nos dirigíamos a las cámaras de gas. Mis peores temores se confirmaron cuando, en respuesta a mis débiles protestas en checo, uno de los hombres se rio despiadadamente y me dijo, también en checo: «Deberías habértelo pensado antes».

Sin embargo, aunque muchos perecieron allí, Buchenwald no estaba diseñado como campo de exterminio y no había cámaras de gas. Me llevaron a la *Krankenbau*. Traducirlo como «hospital» sería una aberración. Los pacientes yacían apilados en las usuales literas de cuatro pisos, haciendo inevitable la infección cruzada. La única diferencia estructural apreciable que los distinguía de los bloques dormitorio era una mesa quirúrgica, que solo vi que la usaran para amputar dedos congelados noche y día. La razón por la que los camilleros habían dado por hecho que no me volverían a ver con vida no había sido el gas, sino el tifus y la disentería endémicos, que no perdonaban a nadie. La *Krankenbau* solía ser, en general, la parada final del trayecto.

Aun así, agradecí estar tumbado bajo un techo durante un tiempo tras todo por lo que acababa de pasar. La comodidad que ofrecía la fina paja (o más probablemente el papel triturado) del catre era exigua, y menos confortable todavía era la manta, pero al menos me brindaban la oportunidad de desmayarme bajo cubierto y en una posición recostada. Empecé cerca de la entrada, en la sección «limpia», que significaba que no mostraba signos de diarrea. El sistema funcionaba de la siguiente manera: siempre y cuando pudieras levantarte del catre y llegar a la letrina antes de mancharte la ropa o las sábanas, podías quedarte allí. La letrina, sin embargo, parecía estar más lejos a medida que pasaba el tiempo. Recordaba haber estado enfermo en Ústí nad Orlicí, después de lo que creo que fue una vacuna contra la fiebre tifoidea, así que tenía la esperanza de que quizá mi organismo poseyera algún tipo de inmunidad contra los peores casos. Aun así, eso no me salvó de la disentería. Después de unos pocos días, me transfirieron, envuelto en mi ropa de cama, a un espacio que acababa de quedar libre en la sección «sucia», que estaba localizada convenientemente más cerca de la letrina, que frecuentaba cada poco rato.

Mi nueva morada tenía una vista privilegiada de la mesa quirúrgica que me servía de distracción, pues estaba situada justo encima de ella. Durante todo el día tenía lugar ininterrumpidamente una sucesión de amputaciones de dedos congelados que tiraban en un cubo. Esto iba seguido de un buen espolvoreado de bolus alba, que había visto ya en Terezín, y un vendaje. Las vendas no estaban hechas con tela de gasa, sino que más bien parecían una mezcla entre papel crepé y papel higiénico. El procedimiento probablemente no era doloroso porque el tejido ya estaba muerto. Un amigo mío, superviviente también de una serie de campos donde perdió todos los dedos de los pies, escribe que solo se dio cuenta de que le faltaban varios cuando le quitaron las botas y algunos se quedaron adheridos a ellas. Supongo que la operación era esencial si se quería evitar una gangrena.

El cirujano tenía el pelo largo y blanco y usaba bastón.

Trataba a sus pacientes como si fueran ganado. Creo que era un prisionero político, probablemente algún comunista alemán u homosexual, y que sus víctimas eran judíos polacos que habían transportado desde los campos de Silesia en condiciones parecidas a las de mi relato. Lo que me quedaba completamente claro era su falta total de empatía. El cirujano no respetaba ni se preocupaba por sus «pacientes».

Llegué al punto de pasar tanto tiempo en la letrina que apenas valía la pena volver a mi catre y mis heces estaban manchadas de sangre. Dudo que nadie saliera de allí con vida; era un tipo de sistema de línea de ensamblaje para la producción de cadáveres. Nos iríamos debilitando cada vez más y cuando muriéramos nos envolverían en nuestros colchones de paja cubiertos de sangre y excreciones y nos incinerarían con ellos, para hacerle sitio a la próxima remesa. Llegué a sentir que estaba muy cerca de ser el siguiente, con la cinta transportadora a un palmo de mi cara.

Y entonces, con la báscula de probabilidades decantada hacia una muerte casi segura, tuvo lugar el último y más inesperado milagro que hizo girar el puntero hacia la supervivencia. Un hombre desconocido apareció en el umbral de la puerta y gritó en checo: «¿Hay algún muchacho checo aquí?». El camillero checo que me había llevado allí mi primer día en Buchenwald, que en aquel momento me parecía que había sido hacía una eternidad, debía de haber hablado de mí. Había pensado que era un desalmado cuando se rio por mi situación, pero, por lo que se ve, fue instrumental en mi supervivencia. No

150

perdí ni un segundo y me afané en informar de que había un chico checo atascado en la sección sucia.

Así que me sacaron de allí y me dejaron bajo el mando del Kapo checo comunista (o Blockältester) Antonín Kalina. Los bloques comunistas se regían con una disciplina inquebrantable que impartían los mismos residentes, y en aquel profesaban un gran respeto hacia Kalina. Era un comunista radical, pero por encima de eso, y mucho más importante, un ser humano profundamente decente. Más tarde me enteré de que había salvado a varios chicos judíos a los que habían transportado desde los campos de Silesia, y no estoy del todo seguro de que los demás presos políticos le mostraran un apoyo demasiado entusiasta en ese asunto.

Solo pude hablar con él después de que una cantidad industrial de polvos multiusos bolus alba volviera a ponerme en pie. Antonín Kalina exhibía un rostro enjuto que se había arrugado prematuramente a causa de las experiencias vividas. Tras haberme hecho la cruz por ser el hijo de una familia capitalista, decidió que todavía había esperanzas para mí. Lo único que teníamos en común era nuestro patriotismo checo. Me preguntó si habíamos tenido sirvientes en casa, una pesquisa que me pareció de lo más inapropiada, porque siempre había considerado a Marie y a los demás como amigos y familia. Me preguntó –un tanto despectivamente–: «¿Y qué sabes hacer?». Así que le respondí que podía coser botones, que por lo general era hábil con el hilo y la aguja y particularmente diestro zurciendo calcetines. No fue ninguna exageración. Siguiendo mis enseñanzas tempranas en la escuela primaria, usé todo el tiempo libre que había tenido en Ústí nad Orlicí para remendar los calcetines de toda mi familia ampliada. Fue una tarea que disfruté mucho.

Menos honesto fue achacarme el mérito de ser la persona ideal para mantener sus aposentos limpios, teniendo en cuenta que debo de ser una de las personas más desordenadas que hay en el mundo. Sin embargo, me reclutó al instante, y así pasé a ser el ordenanza del Kapo checo comunista, para alivio de ambos, creo, ya que él se debía de estar preguntando qué hacer conmigo. El nuevo cargo me aportó una tarea bajo techo y también explica por qué, para mi sorpresa, ahora aparezco en los archivos de Buchenwald como prisionero político, como comunista checo.

La Sexta División Armada del Tercer Ejército de Patton liberó Buchenwald el 11 de abril de 1945. En algún punto del camino, las tropas, afortunadamente, interceptaron y eliminaron el *Einsatzgruppe* que se dirigía hacia nosotros. Puede que los antiguos reclusos de Buchenwald aseveren que en realidad nos liberamos nosotros solos, y es verdad que ya habíamos asegurado el perímetro para cuando los americanos tomaron el control, pero hacía prácticamente nada que habíamos asaltado las torres de guardia. Es probable que nuestra determinación guardara algún tipo de relación con la inminente llegada de los tanques americanos a las puertas del campo, y liberarnos y colgar al menos a uno de los guardias de las SS antes de que aparecieran los yanquis era una cuestión de orgullo, sobre todo para los prisioneros comunistas, que parecían haber conseguido ocultar algunas armas para la ocasión. Yo no participé activamente y habría estado la mar de feliz dejándoles el asunto a los americanos, que, a diferencia de nosotros, iban sentados dentro de tanques, un punto de partida que me parecía más acertado.

Había algún que otro nazi acérrimo que decidió quedarse y luchar, y supongo que los americanos, de haberlos esperado, se habrían opuesto a que los prisioneros comunistas se tomaran la justicia por su cuenta. Con todo, los soldados se horrorizaron tanto con lo que vieron en el campo que estuvieron más que dispuestos a hacer la vista gorda. Al menos sé de un caso así. La mayoría de los guardias nazis, sin embargo, se acordaron de repente de recados urgentes que tenían que hacer en otros lugares, tan lejanos del campo como fuera posible a medida que se acercaba el ejército americano. De hecho, tan apresurada fue su partida que dejaron atrás sus uniformes y armas en los bloques para que nosotros pudiéramos jugar con ellos. Al final, la mayoría no consiguió llegar más allá de los bosques cercanos, donde los rodearon los soldados americanos, la mayoría de los cuales, para mi deleite particular, eran negros.

Y así fue como nueve días después de mi decimoséptimo cumpleaños me devolvieron la vida. Tardé muchísimo tiempo en asimilarlo. Todavía no estoy seguro de haberlo conseguido del todo. Si te paras a pensarlo, el concepto carece de sentido, puesto que yo ya no era la misma persona. Los campos me habían cambiado permanentemente. Mientras había estado ocupado con mi supervivencia día a día, no había tenido tiempo para meditar demasiado, así que la liberación me impelió a reevaluar mi existencia. Me obligó a prestar atención al hecho de que acababa de sobrevivir a una experiencia intensa basada en el sufrimiento que provocan los vínculos, sean con seres queridos, lugares estimados o posesiones preciadas. Será mejor que nunca me arriesgue a exponerme a algo así otra vez.

No fue hasta años más tarde cuando supe que un tal Siddharta Gautama había llegado a la misma conclusión unos dos mil quinientos años antes, solo con estar sentado bajo unos árboles. El no establecer vínculos fue fácil mientras estaba emocionalmente muerto durante los primeros años de mi vida posterior. A largo plazo, sin embargo, descubrí que la vulnerabilidad que conllevan se compensa con la felicidad que aportan.

La historia de Buchenwald no acaba aquí. De hecho, permanecí allí después de la liberación tanto tiempo como había estado antes de ella. Todavía faltaba casi un mes para el fin de la guerra en Europa. Teniendo en cuenta que era muy improbable que encontrara a alguien de mis conocidos con vida en casa, no tenía ninguna prisa por volver. Albergaba la esperanza nada realista de que quizá podría hallar la manera de reunirme con mi padre en el Reino Unido sin tener que regresar a Checoslovaquia antes.

La gente seguía muriendo; muchos, por razones de lo más absurdas. El instinto me dijo que atiborrarme con platos colmados de estofado de cerdo (cortesía de un tipo de mente brillante que liberó al animal de una granja cercana) probablemente no era la manera más inteligente de acabar con tres años de hambruna. Debo admitir, sin embargo, que mi instinto falló al no predecir que celebrar la liberación tomando el sol sobre el tejado de mi bloque conllevaría una quemadura solar severa porque caí rendido al sueño, aunque distó mucho de ser letal. La tentación de tener un arsenal completo de armas alemanas con las que jugar sí que fue considerablemente más peligrosa.

Algunas armas pequeñas salieron a la luz cuando me dediqué a husmear por los bloques que los alemanes habían abandonado a toda prisa. Fue un pasatiempo de lo más estimulante. Podía haber cualquier cosa, como por ejemplo un guardia muerto, o quizá uno vivo oculto en un armario, esperando para intercambiarse el uniforme conmigo. Durante mi primera incursión, conseguí liberar un par de sofisticados binoculares Zeis («liberar», igual que Hitler «liberó» los Sudetes de los checos), una chaqueta de cuero de oveja que, después de muchos años de servicio cuando iba en mi motocicleta, ahora descansa en la exposición sobre el Holocausto del Museo de la Guerra Imperial, y una pistola de bengalas con una gran variedad de cartuchos. La pistola era de un calibre aproximado de 26,5 milímetros y tenía un retroceso potente como la coz de una mula. Me abstuve de coger ningún arma letal y una pistola para hacer fuegos artificiales me pareció un juguete estupendo. Evité las bengalas rojas después de darme cuenta de que ocasionaban algún tipo de alboroto en los movimientos de los tanques americanos, y mis favoritos eran los fogonazos de magnesio, que descendían lentamente en pequeños paracaídas. Tornaban la noche en día y, al acabar el espectáculo, proporcionaban un pañuelo sedoso cuando el paracaídas se separaba. No podía recordar cuándo había sido la última vez que había tenido un pañuelo antes de aquellos obsequios caídos del cielo.

No le comenté a nadie lo de mis excursiones, pero inevitablemente otros me siguieron cuando se dieron cuenta de las potenciales ganancias que podían obtenerse de la exploración. Durante mi segunda excursión conocí a un chico checo que me recordaba un poco a mi antiguo amigo Kurt. No es que fuera desgarbado como él, pero era alto y le gustaba comentar temas filosóficos conmigo. Durante esos días eufóricos tras la liberación, los amigos se hacían rápidamente y con facilidad. No recuerdo haberlo visto antes y no creo que viniera de Blechhammer. Le mostré mi pistola de bengalas y lo alenté para que buscara una.

Mucho más tarde, volví a los aposentos de los guardias en su busca. Lo llamé, pero solo me respondió el silencio. Lo que encontré fue un reguero de sangre en el suelo que se extendía hacia la siguiente habitación. Allí estaba mi amigo, muerto, con las entrañas colgando de su abdomen en un enorme charco de sangre. Tenía la cabeza y las manos sobre una silla, donde yacía la pistola. Estaba claro que había intentado levantarse asiéndose a la silla en un esfuerzo final. Hoy en día todavía desconozco qué ocurrió. Quizá algunos de los cartuchos eran pequeñas granadas, quizá se olvidó del cierre de seguridad y tropezó... Nadie lo sabrá jamás. Un cadáver más esos días apenas llamaba la atención. Abandoné la habitación profundamente traumatizado. Es otro episodio del que nunca me he recuperado del todo. Quizá sea por la sorpresa y la conmoción de presenciar tal escena cuando lo único que quería era hablar con él. Tal vez hubiera también algo de culpabilidad asociada a lo que había ocurrido. Solo los cielos saben que había visto todos los horrores que se pudieran concebir, pero aquella sacudida inesperada fue la única experiencia que evolucionó en estrés postraumático. Así acabaron mis excursiones para rapiñar. Durante bastante tiempo después de esa tragedia, tuve problemas para entrar en una habitación vacía yo solo. La terapia innovadora y absurda que improvisé basada en decirme que debía quitarme esas tonterías de la cabeza y dejar de actuar como un estúpido me ayudó a superar ese trastorno, aunque me llevó tiempo.

La mayor parte de la artillería pesada alemana acabó en una enorme pila en la entrada de una cantera a poca distancia del campo. Estaba destinada a causar problemas. Había de todo para que la gente pudiera escoger, desde ametralladoras pesadas a granadas de mano. Tras la liberación deambulaban chicos que eran mucho más jóvenes que los adolescentes de Blechhammer que habían llegado en mi tren. No estoy seguro de dónde habían salido, ya que eran demasiado pequeños como para haber estado en campos de trabajo o para haber sobrevivido a Auschwitz. Quizá los habían evacuado de Terezín unos días antes. Disfrutaban arrojando granadas y meneando las pistolas al aire. Hubo accidentes.

Al final los americanos dieron un paso al frente y ordenaron que se entregaran todas las armas. Entonces procedieron a lidiar con el asunto de la manera más idiota imaginable. Las apilaron todas en un montículo gigantesco en la cantera. Para entonces yo me había mudado a unos aposentos más cómodos. Mi habitación incluso tenía una ventana desde la que se veía la cantera y todo lo que se extendía hasta el horizonte, así que pude disfrutar de una vista privilegiada de todo el procedimiento.

Alguna mente brillante había decidido que la mejor manera de deshacerse de las armas era simplemente haciéndolas volar por los aires, confirmando el dicho de que la inteligencia militar es en sí un oxímoron. Así que nos ordenaron a todos que no saliéramos y cerráramos todas las ventanas y puertas a la hora convenida. La carga explosiva debió de ser descomunal. Se oyó un estruendo enorme y nos azotó una onda expansiva acorde, y el montón entero salió despedido hacia el cielo solo para volver a caer reorganizado de otro modo. Si las armas habían sido peligrosas antes, en aquel momento se habían convertido en algo letal. Durante los días siguientes, fui testigo a través de mis recién adquiridos binoculares de unas escenas de lo más repugnantes desde mi ventana. Había un tipo de pequeña granada con la forma de un huevo grande que en la parte de arriba tenía una tuerca de mariposa con distintos colores. Siempre y cuando los colores no coincidieran, podías manejarla con seguridad, o así era antes de la explosión. Vi a un chico coger una y cómo se preparaba para arrojarla. Cuando levantó el brazo, hubo un destello, un estruendo y contemplé el muñón sanguinolento donde unos segundos atrás habían estado su mano y muñeca, antes de caer al suelo. No sé qué fue de él, pero me perturbó tal desperdicio terrible y sin sentido.

Yo también me sentía atraído por la pila, aunque era algo más prudente sobre tocar nada. Mi interés particular en aquel momento era por el *Panzerfaust,* un nuevo lanzagranadas antitanques diseñado para que lo usara un solo soldado. Se parecía bastante a los RPG modernos, solo que la granada era mucho más grande. Tenía la duda de si estaba propulsada por un cohete o si se disparaba mediante una carga en el tubo al que normalmente estaba acoplada y que una vez disparada se desechaba. Encontré uno de los tubos sin la granada y pensé que no supondría ningún gran peligro que apretara el gatillo siempre y cuando el arma permaneciera en el suelo (después de los percances que había presenciado, no iba a coger nada). Bien, pues hubo una explosión, el tubo salió disparado hacia atrás y noté algo así como un latigazo en la parte trasera de los muslos (llevaba puestos unos pantalones cortos). Mis piernas se tiñeron de rojo, pero fui incapaz de encontrar ningún corte. Me percaté de que estaba sangrando a través un montón de minúsculos pinchazos. Creo que todavía tengo granos de arena de Buchenwald esterilizados con fuego en las piernas.

Antes de que pasara demasiado tiempo, ese interregno del salvaje oeste en el que no había ninguna autoridad civil llegó a su fin. Los gobiernos de la Fuerza Expedicionaria Aliada y la Cruz Roja instalaron sus oficinas en el campo. Me expidieron un documento de identidad provisional en el que se certificaba que me habían «encontrado» en Buchenwald. Justo en aquel instante dejé de ser, provisional pero oficialmente, el prisionero número 30.529. A partir de entonces, si moría, no me convertiría en un conjunto de huesos sin nombre en una fosa común.

La última dirección postal que conocía de mi padre en Worsley, cerca de Mánchester, me había quedado grabada a fuego en la memoria gracias a mi madre, y dejé bien claro a cualquier oficial que me escuchara que mi intención era reunirme con él en el Reino Unido lo antes posible. No tenía ningún motivo para volver antes a Checoslovaquia. Creo que la Cruz Roja consiguió establecer contacto con mi padre e informarle sobre mi supervivencia. Él también recibió la noticia a través de otros canales pasado un tiempo.

Entablé amistad con el coronel Winter, un oficial de enlace americano extremadamente amable. Me dio como obsequio un cuchillo de defensa de los soldados americanos, que todavía forma parte de mis posesiones más preciadas. Pesa mucho y es muy útil para podar las ramas de los árboles. Me llevó a menudo con él en salidas con su todoterreno. En una de las primeras pasamos por al lado de un campo no muy lejos de Weimar (el pueblo más cercano) donde mantenían recluidos a nuestros antiguos captores en un recinto rodeado por una valla con alambre de espino. El tiempo aquel día era horrible, el suelo del campo se había convertido en barro a causa de la intensa lluvia y, como no había ningún refugio, muchos de los presos empapados llevaban puestas sus máscaras de gas para evitar que el agua les cayera en la cara.

Documento de identidad provisional en el que se certificaba que me habían «encontrado» en Buchenwald.

ADELAIDE HOUSE
LONDON BRIDGE
LONDON · E·C·4

14th May, 1945.

Dear Mr. Weinberg,

I have just heard from
Dr.Kind to-day that your son has been
found at Buchenwald and I would like
to tell you how delighted I am at this
news.   I sincerely hope that he has
not suffered too badly and that you will
soon be re-united with him.

Let us hope that you
will soon hear from the rest of your
family.

With kind regards,

Yours sincerely,

G. Tugendhat.

M/

La carta que recibió mi padre en la que le informaban
de mi supervivencia.

Procuré no sentir lástima alguna y me complació bastante ver que estaban custodiados por soldados negros que, por lo que me pareció, disfrutaban con el trabajo que les habían asignado. Puedo imaginar qué opinión tenían los nazis de ellos, pero me hubiese gustado saber qué sentimientos bullían dentro de los soldados negros. En mi primer viaje a Estados Unidos, unos once años después, me echaron de una cafetería para blancos de una estación de autobuses porque intenté llevar conmigo a un profesor indígena con el que había labrado amistad durante el viaje.

El coronel Winter le había escrito a mi padre una carta que yo no leí hasta que rebusqué en su correspondencia después de su muerte, pasados más de cuarenta años. El contenido de la epístola era de lo más curioso. El coronel Winter no paraba de resaltar lo encantador, atractivo e inteligente que era yo, como si temiera que, de no asegurárselo, mi padre me fuera a rechazar. Más tarde se me ocurrió que quizá se había encontrado con casos en los que los refugiados se habían vuelto a casar, habían formado nuevas familias y realmente rechazaban a esos hijos que no habían pensado que sobrevivirían. En nuestra familia estrechamente unida, el concepto nos parecía tan grotesco que ni siquiera se me había pasado por la mente, y mucho menos por la de mi padre.

A finales de abril de 1945, empezó a circular el rumor de que Hitler había muerto. En este punto quiero retomar el motivo por el que me interesaba tanto el *Panzerfaust*. Había visto un póster en el que se instruía a los miembros de las Juventudes Hitlerianas sobre su uso.

Eran los destinados a ostentar el honor de ser la última línea de defensa. Se les ordenaba a aquellos jóvenes que se agacharan en una zanja y sostuvieran el *Panzerfaust* sobre el hombro hasta que prácticamente se les echara encima el tanque enemigo. Para poder ocasionar algún tipo de daño real, el tanque tenía que estar a menos de veinte metros. Quizá habrían conseguido inutilizarlo parcialmente, pero, como era imposible que pudieran matar a toda la tripulación, no era más que una misión suicida. Allí estaba Hitler ordenándoles a los jóvenes de su querido *Volk* que rindieran sus vidas, en un momento en el que era evidente que sus planes dementes de subyugar el mundo entero se hacían pedazos.

Aquellos muchachos tenían que ser los herederos y el futuro de su «raza maestra», no «los otros»: los judíos, los infrahumanos eslavos o los débiles de mente. Pero al final, cuando Hitler se sintió decepcionado por su propia gente, cuando se mostraron indignos de sus dementes estratagemas, estuvo dispuesto a sacrificarlos a ellos también. Eso corroboró, en mi mente adolescente, la maldad enajenada que contenía ese hombre. En aquel momento, no sabía que había muerto por su propia mano en un búnker subterráneo. Echando la vista atrás ahora, me parece justo que el miserable que proyectó su sombra oscura durante toda mi niñez, que destruyó a mi maravillosa familia y a millones más, y quien, si no llega a ser por la gracia de Dios, casi me destruye a mí también, finalmente pereciera como una rata en una alcantarilla el mes de mi decimoséptimo cumpleaños.

Me gustaría creer en la existencia de una justicia universal –casi como una ley natural– que se asegure de que la maldad siembre las semillas de su propia destrucción. Hitler fue un demagogo hipnótico que tenía un don que le permitió subvertir toda una nación aprovechándose de su complejo persecutorio. Persuadiendo a los alemanes del concepto ridículo de que eran una raza superior, consiguió convertirlos en infrahumanos a través de sus acciones. Pero una maldad así viene acompañada de un tipo de estupidez que te lleva a cometer errores garrafales, fruto de unas arrogantes ideas equivocadas. Así, la arrogancia de Hitler provocó que quisiera hacerse con el vasto terreno de Rusia, que le declarara la guerra a los Estados Unidos (cuando Roosevelt todavía vacilaba) y que desautorizara a sus generales experimentados. La furia que sintió tras un bombardeo simbólico de Berlín lo impulsó a ordenarle a Goering que cambiara los planes de destruir las bases aéreas de la Real Fuerza Aérea británica por bombardear Londres, y como consecuencia perdió la batalla de Inglaterra y cualquier oportunidad de invadir el Reino Unido.

Por encima de todo, el mundo se salvó del Armagedón gracias al virulento antisemitismo de Hitler y su rechazo demencial de la «física judía» (un término que tiene tanto sentido como, digamos, «lluvia judía»). Conllevó el éxodo de mentes brillantes y excepcionales físicos experimentales, genios del calibre de Albert Einstein, Lise Metners, Otto Frisch y otros, y por ende el proyecto Manhattan se desarrolló en manos de unos patrocinadores más cuerdos. Si Hitler hubiese sido el primero en adquirir las armas nucleares, habría dado como resultado un holocausto a escala mundial en el que las muertes se habrían contado con muchos más ceros.

El 8 de mayo terminó la guerra en Europa. El coronel Winter me llevó en su todoterreno hasta Weimar. Huelga decir que no hubo ningún tipo de celebración, a excepción de unos extraños fuegos artificiales. Los pilotos de los cazas alemanes decidieron que era preferible que los capturaran los americanos que caer en manos rusas. Muchos volvieron a toda prisa del frente este para intentar aterrizar cerca de Weimar. Aunque la guerra había llegado a su fin, los artilleros de los cañones antiaéreos decidieron que mientras los aviones estuvieran en el aire seguían siendo un blanco. Las balas trazadoras dibujaron bonitas estelas en el cielo. No vi que abatieran ningún avión, así que quizá solo se estaban divirtiendo un poco.

TERCERA PARTE

El regreso

Capítulo 10

Praga

Cuando vi claro que no había ninguna manera de que pudiera llegar al Reino Unido sin regresar antes a Checoslovaquia, solicité la repatriación. La palabra «regresar» aquí tiene una connotación engañosa de volver al calor del hogar, pero yo no tenía hogar al que volver. Mi padre lo organizó todo para que me quedara en Praga con un primo lejano suyo, Hugo Lamač (originalmente Loewith), a quien no había oído mentar nunca.

Aquellos que queríamos ir a Praga viajamos en un camión alemán de leña con la caja abierta que había sido requisado. Con la escasez extrema de petróleo, la mayoría de los transportes que no eran militares funcionaban mediante la pirólisis de productos de madera dura. Cerca de la cabina del conductor había un enorme cilindro cubierto con una apertura circular en la base. El conductor, de pie al lado del vehículo, comprobaba periódicamente la inflamabilidad del gas que emergía del agujero con un mechero. Al principio era mayormente vapor. Al final, dependiendo del estado

Insignia hecha a mano de Buchenwald.

del combustible, se estabilizaba una llama amarilla que rugía y chisporroteaba, y entonces llegaba el momento en el que todos nos apretujábamos y el conductor desviaba el gas hacia el motor. El sistema tenía una gran ventaja: cuando nos quedamos sin combustible, hecho que ocurrió poco antes de que cubriéramos la mitad del trayecto de trescientos cincuenta kilómetros, nos mandaron a todos a recoger ramas secas en un bosque cercano. Nos servían igual de bien que el combustible; si hubiésemos dependido del petróleo, nos habríamos quedado atascados.

Cruzamos Dresde, bombardeada hacía poco hasta dejarla en ruinas: un paisaje desolador de escombros ennegrecidos. Parecía que las pocas paredes que quedaban en pie fueran a colapsar sobre nosotros en cualquier momento. Debo confesar que mi primera reacción no fue de lástima hacia sus antiguos habitantes. Todavía me deja atónito que algunos alemanes atribuyeran la destrucción a Arthur «Bomber» Harris antes que a Hitler.

Mi «tío» Hugo era clavado a mi padre en cuanto a la constitución y la estatura. En su antigua carrera profesional había sido juez en Eslovaquia. Entre los recuerdos de ese periodo, figura un *kozáček* de pastor –un tipo de bastón con un hacha en vez de mango– que había sido el arma homicida de un caso que había presidido. Como estaba casado con una gentil, solo lo habían deportado hasta Terezín hacia el final de la guerra, una experiencia muy desagradable pero a la que generalmente se sobrevivía. Moraban en un pequeño piso cerca de Staroměstské náměstí con su hija, Milenka, que era unos tres años mayor que yo. Me alojaron y me mostraron una amabilidad sin parangón, intentando alimentarme a pesar de sus muy limitadas raciones de posguerra.

En el caso de Milenka, extendió su amabilidad compensando los años que había pasado sin atisbar nada de la anatomía femenina. Preparaba muestras frecuentes de su cuerpo en diversos estados de desnudez, algo que me dejó una profunda impresión.

El piso estaba a poca distancia a pie de las oficinas que gestionaban los trámites de la masa de ovejitas descarriadas como yo. Difería de la mayoría porque sabía exactamente a dónde quería ir, y lo antes posible.

Me dieron algo de dinero y salí con un uniforme entallado a la perfección con una insignia hecha a mano torpemente cosida (otro ítem que está ahora en el Museo de Guerra Imperial) que me daba derecho a viajar en todos los transportes públicos y atraía mucha simpatía y buena voluntad. Hace poco descubrí que me habían clasificado como preso político y me he empezado a preguntar si quizá ese fue el motivo por el que me trataron como si fuera un héroe de guerra nacional. Viajar gratis me permitió cruzar Praga haciendo uso de sus varias líneas de tranvía y revisitar algunos de los lugares que había adorado cuando era niño y con los que había soñado en los campos. De algún modo todo parecía más pequeño que en mis sueños (debía de haber crecido), pero aun así los lugares seguían allí. En comparación con otras capitales europeas, Praga había salido del conflicto relativamente indemne. Me impresionó lo mucho que duran los edificios en comparación con las queridas almas asociados a ellos. La excursión más larga que hice fue una en tren hasta Ústí nad Orlicí.

Capítulo 11

Ústí nad Orlicí

La visita duró solo unas pocas horas porque tenía que volver el mismo día, ya que no tenía ningún lugar donde pasar la noche. Un viaje de regreso en tren que superaba los ciento sesenta kilómetros, más el camino de ida y vuelta a la estación, no me dejaba demasiado tiempo disponible para disfrutar de mi destino, fuera cual fuese. Solo tenía la vaga intención de buscar a personas, lugares o posesiones, cualquier cosa menos ver la estación desde donde nos deportaron. La plaza del pueblo y la casa de mi tío en el número 123 de la calle Rašín sería un plus.

Al final, me encontré con el otro único superviviente de toda la comunidad judía: el señor Perlhaefter. Como al tío Hugo, lo habían deportado mucho más tarde y solo hasta Terezín, gracias a su matrimonio mixto. Era un hombre erudito y encantador, de edad muy avanzada. Todavía lucía el broche esmaltado –una réplica de la estrella amarilla– que había jurado llevar durante el resto de su vida si sobrevivía a la guerra. También había recolectado y guardado las pocas posesiones valiosas que habíamos dejado atrás con amigos gentiles por si acaso alguno de nosotros conseguía volver. Estaba mi colección de minerales, incluyendo algunas piedras semipreciosas, la cámara Voigtlander que me habían regalado por mi decimotercer cumpleaños y, lo más importante de todo, el álbum de valor incalculable con las fotografías de mi familia. Dejé la colección de piedras, pero los demás vínculos con mi pasado siguen en mi posesión hoy en día. El señor Perlhaefter murió poco tiempo después de mi visita.

De todos esos restos, el álbum de fotos era y sigue siendo mi posesión más preciada. Las fotografías empiezan el día de mi nacimiento y terminan en mis primeros días de escuela. Me cuesta explicar cómo las experiencias atroces que había vivido ponían en duda la veracidad de aquellos recuerdos, pero esas fotografías me proporcionaban la única prueba tangible de que mi maravillosa infancia había ocurrido de verdad y no era solo un sueño entre las pesadillas de los campos. En esas páginas, congeladas para toda la eternidad, hay imágenes de mis primeros años de vida y los de mi hermano, de nuestras vacaciones en la nieve en invierno y en el campo en verano y de excursiones los fines de semana en barco de vapor. Están en blanco y negro y no tienen muy buena calidad, pero detonan mis recuerdos, invocando sus detalles con sonido y color: el salpicón de las palas de las ruedas en el río, las vistas de los campos y las viñas bañados por la luz del sol que se alternaban con peñascos sobre cuya cima se erigían imponentes castillos antiguos, e incluso mi emoción infantil cuando cruzábamos las cinco grandes esclusas del río Elba.

A pesar de todas las humillaciones acaecidas en Ústí nad Orlicí durante la guerra, llegué a amar tanto ese pueblecito y los maravillosos bosques y montañas que lo rodean que he vuelto a visitarlo varias veces a lo largo de mi vida. Antes de dar por concluida esta narración, quiero contar la serie de improbables coincidencias que hicieron que esas visitas fueran memorables.

Tuve que esperar cuarenta y cuatro años para volver, hasta que cayó el Telón de Acero. Durante todo ese tiempo mis recuerdos de Ústí nad Orlicí adquirieron un cariz casi mítico; en parte quizás porque no podía regresar allí de manera segura mientras siguiera la Guerra Fría y no quedaba nadie en el mundo que compartiera conmigo esas vivencias. Durante ese interludio había conseguido una esposa preciosa, tres hijos maravillosos, la nacionalidad británica, una cátedra en la Universidad Imperial, la membresía de la Royal Society de Londres y unos ciento cincuenta artículos publicados con mi nombre, más un par de doctorados..., así que no me pasé todo ese tiempo ensimismado en el pasado. Sin embargo, en 1989, una invitación de lo más insistente para que participara en un simposio en Praga me persuadió para que tomara la decisión de que, a pesar de mi aversión hacia los estados policiales, había llegado el momento de asumir un riesgo calculado.

Eso fue poco antes de la Revolución de Terciopelo. La rebelión se palpaba en el ambiente y las calles estaban atestadas de coches amarillos de la policía. A mi esposa y a mí nos fue a recoger al aeropuerto nuestro anfitrión, el profesor que había organizado la conferencia y que previamente me había visitado en el Reino Unido. Durante el trayecto desde el aeropuerto, le mencioné que apreciaría la oportunidad de visitar Ústí nad Orlicí durante alguna pausa de la conferencia. Tenía en mente que me prestaran un coche para conducir hasta allí yo mismo, pero por lo visto mi estatus merecía una limusina negra oficial, un conductor y un guía/intérprete (aunque todavía retengo una pronunciación del checo impecable, he perdido mucho vocabulario, algo que tiende a abocarme a situaciones incómodas).

Estaba destinada a ser otra visita corta pero memorable. A la casa de mi tío, tras haber sido requisada por los alemanes primero y luego por la administración comunista, le habían cambiado el color de la fachada a un tono tan distinto que no estaba seguro de encontrarme en la dirección correcta. El número de la casa seguía siendo el 123, pero habían cambiado la denominación de la calle: habían reemplazado Rašín por uno de los nombres del panteón comunista. Ninguno de los vecinos ni transeúntes recordaba si la calle se había llamado alguna vez Rašínova; de hecho, no sabían que hubiese llegado a tener otro nombre siquiera.

Los checos han desarrollado una adaptabilidad remarcable tras ser gobernados durante la mayor parte de su historia por uno u otro de sus vecinos depredadores. Cualquiera que haya leído *El buen soldado Švejk* podrá saber a qué me refiero. Una vez el Hermano Mayor decreta que se cambie el nombre de una calle y a la mañana siguiente impera una amnesia generalizada y nadie se acuerda de cómo solía llamarse el lugar. Espero que esto no suene despectivo. Si tenemos en mente a todas las víctimas inocentes de Lídice, ¿quién se atrevería a prescribir el heroísmo? Yo desde luego no..., después de haber tenido que aprender la lección por mí mismo, como buen checo, de que doblegarse es una alternativa mucho mejor que acabar roto.

Habría dejado el asunto de lado allí mismo, pero mi acompañante me insistió en que debíamos hacer algo y fuimos al ayuntamiento para consultar los registros. Estaba cerrado porque hacían una pausa para la comida que duraba hasta las tres de la tarde, pero llegada la hora nos recibió con suma cordialidad el alcalde mismo.

En este punto, debo permitirme una analepsis del crudo invierno de 1941 durante el conflicto, cuando hacía tanto frío que patinábamos por las calles sobre placas de hielo, después de que los nazis nos hubieran confiscado los esquís, y cuando obligaron a que se marchara el personal doméstico de los Pick. Entre ellos estaba la familia del ama de llaves, que vivía en el sótano de la casa. Su hijo Jaroslav era un niño travieso de nueve años. Recuerdo una vez que me intentó persuadir de que lamiera el pomo de la puerta cuando hacía un frío gélido y, aunque no le proporcioné la satisfacción de intentarlo mientras lo tenía delante, habiendo sospechado correctamente que había alguna intención oculta detrás, tenía tanta curiosidad por ver lo que ocurriría que lo probé cuando estaba solo. Procuré intentarlo solo un breve instante, pero claramente subestimé la inercia térmica y la conductividad que tenía un bulto enorme de latón, dando como resultado que mi lengua se congelara al instante al tocar el metal y dejándome una zona dolorida que tardó semanas en curarse.

El alcalde era un hombre corpulento y pomposo, exasperantemente consciente de su propia importancia. Me pareció de lo más sorprendente que quisiera dejar a un lado sus trascendentales quehaceres para conocernos a mí y a mis acompañantes. Más tarde descubrí que su interés se debía a mi curiosidad por aquella dirección en concreto, porque, para mi completo asombro, aquel hombre orondo no era otro que el pequeño Jaroslav, quien, medio siglo antes, me había abierto las puertas a los placeres de la congelación por pomo. Ninguno de los dos reconoció al otro, por más que en su día viviéramos bajo el mismo techo, aunque empecé a ser más amigable con él cuando salió a colación que recordaba a mi tío y a toda la familia Pick con un afecto genuino. Me contó algunas de las trastadas que había hecho de niño y me dijo que la señora Roubicek, la esposa del chófer, todavía estaba viva. A cambio, le prometí enviarle copias de una fotografía del álbum familiar en la que salía él (véase la página 67).

Al parecer del conductor se nos había hecho extremadamente tarde e insistió en que nos marcháramos de inmediato. Deshizo el camino por carreteras en muy mal estado a una velocidad de vértigo. No recibí respuesta alguna a mi subsiguiente carta, que incluía copias de las fotografías que le había prometido que le enviaría, aunque a decir verdad no esperaba ninguna en realidad, ya que un alcalde comunista que tuviera un amigo por correspondencia en el Reino Unido seguramente habría hecho arquear más de una ceja de los miembros del partido.

En 1993 fue la última vez que fui, como parte de unas vacaciones largas, mucho después de la Revolución de Terciopelo. El viaje vibraba con un sentimiento maravilloso de liberación: el país al fin volvía a ser libre de verdad, y esa vez decidí quedarme mucho más tiempo. En Praga nos alojamos en el hotel Golden Goose, situado en la plaza Wenceslas, y alquilamos un Skoda para nuestros viajes. Visitamos Ústí nad Labem, que ahora forma parte del área más contaminada de Europa. La mano muerta del régimen comunista había dejado sus marcas indelebles por doquier. La casa de mi infancia tenía un supermercado en la planta baja y habían reconstruido la plaza central. Pasamos por Terezín de camino y estuvimos algunas horas rebuscando entre los archivos del museo con unos historiadores que fueron tan útiles para encontrar los registros de toda mi familia que me vi tentado a ofrecerles mi cuerpo para que lo disecaran y lo expusieran llegado el momento. La única sorpresa fue la ausencia de cualquier registro de los Pick, algo que me recordó que no había visto a la familia de mi tío el día que nos deportaron ni en ningún momento después de eso. No se me había pasado por la cabeza que fuera posible el soborno bajo el yugo de los nazis, pero quizá si eras dueño de una fábrica... Según los rumores, perecieron en un campo de trabajo en Kyjov.

En Ústí nad Orlicí alquilamos un piso grande por menos de una décima parte del precio del hotel de Praga. El lugar había sido un antiguo hotel propiedad del gobierno que estaban renovando tras haber sido privatizado con la esperanza un tanto optimista de que se llenara de turistas capitalistas. Los grandes números que estaban pintados en los muebles y la manera en que el personal contaba las toallas y mantas antes de que nos permitieran marcharnos indicaban que no habían entrado del todo en el espíritu del nuevo orden. Nuestra habitación daba a las ruinas del recinto de la escuela a la que había honrado tan fugazmente con mi presencia. Como en ocasiones anteriores, el primer paseo que di fue en dirección a casa de mi tío. Todavía seguía siendo el número 123, pero habían vuelto a cambiar la calle. Esa vez le di el visto bueno: la calle se llamaba Masaryk. Rašín había sido el ministro de Finanzas durante el gobierno de Masaryk, y Thomas G. Masaryk, el presidente y fundador de la primera república, había sido un héroe durante mi etapa escolar.

Durante el régimen comunista lo habían suprimido de la historia, algo que me había dejado pasmado durante mi visita previa, no solo por ser algo increíblemente mezquino, sino también porque era una señal de una inseguridad subyacente profunda. Aunque no dudo que algo del comunismo checo era local, quiero pensar que su espíritu malvado era importado; como evidencia, por ejemplo, el blanqueado del muro conmemorativo de Praga en el que estaban escritos los nombres de las víctimas de los campos de concentración en un momento en el que el Kremlin coqueteaba con algunos Estados árabes antisemitas.

La casa de mi tío estaba sumida en un completo caos.

La estaban convirtiendo en una escuela para niños con necesidades especiales, y eso también me satisfizo. Los trabajadores nos dejaron echarle un último vistazo antes de echar abajo los tabiques. La ancha escalera de madera que estaban desarmando no me pareció tan espectacular como cuando era niño, aunque seguía siendo bastante impactante. Ya no me quedaba ningún motivo para volver a ver la casa.

En esa ocasión también fui capaz de rememorar mis antiguos paseos, acompañado de mi esposa. El río Orlice, en el que solía bañarme con mi madre, estaba muy contaminado, pero los bosques, los caminitos y las setas seguían allí. Caminar hasta la cabaña en la cima para ir en busca de pan con mantequilla auténtica habría sido una actividad que se escapaba tanto de la necesidad como de mi aguante físico, pero condujimos hasta la cima, siguiendo unas carreteras muy mejoradas, y comimos allí al lado de gente local que cargaba con bolsas rebosantes de setas y demás hongos comestibles. Seguía siendo un lugar maravilloso sin corromper, y aquella noche organizamos una cena de celebración allí con Jaroslav, su esposa y un caballero de edad muy avanzada que yo no conocía pero que resultó haber trabajado como contable en la fábrica de mi tío. Debía de tener ochenta y muchos años. Jaroslav ya no era alcalde, un hecho que para él parecía ser mucho más sorprendente que para el resto. Sin embargo, estaba más resignado que resentido por el último giro que había tomado el mundo. Se comportó como si le hubiesen quitado un enorme peso de los hombros, y aquella vez habló con mucha más libertad sobre los viejos tiempos y propuso un número alarmante de brindis en recuerdo a antiguos amigos y conocidos.

Nuestra última mañana del viaje visitamos el cementerio, en el que mis piernas, recordando los muchos peregrinajes con mi tía y los dos Waldis, me sorprendieron avanzando por voluntad propia, sin ningún tipo de ayuda de mi cerebro, hasta la cripta de la familia Pick. El nombre de Alice Pick es el último que hay grabado en la piedra, por supuesto, pero cerca hay un pequeño monumento en honor a todas las familias judías que murieron en los campos de concentración alemanes. Me imagino que fue obra del señor Perlhaefter, cuya tumba yace también cerca. Todas las lápidas judías estaban en perfectas condiciones. Con la muerte del señor Perlhaefter, la antigua comunidad judía de Ústí había desaparecido (nosotros, los Weinberg, no contábamos, ya que solo habíamos estado de paso). Así que los alemanes lograron despojar a aquel pueblecillo de sus judíos, pero los checos todavía los recordaban y cuidaban de sus monumentos en el cementerio.

CUARTA PARTE

Inglaterra

Capítulo 12

Un bombardero Lancaster

A pesar de la amabilidad del tío Hugo y de su familia, estaba desesperado por reunirme con mi padre en el Reino Unido lo antes posible. No era solo que en Checoslovaquia me persiguieran demasiados recuerdos de seres queridos que necesitaba eliminar de mis pensamientos si quería tener algún futuro, sino que además se veían señales ominosas de que un Telón de Acero podía descender y perpetuar la separación de los únicos dos miembros restantes de nuestra familia.

Sin yo saberlo, en algún momento durante el verano de 1945, el gobierno británico accedió a dar asilo a mil huérfanos menores de dieciséis años que hubiesen sido liberados de los campos de concentración nazi. Probablemente habría dado igual que lo hubiera sabido, porque no cumplía los requisitos. No era huérfano, tenía más de diecisiete años y jamás se me habría ocurrido la idea de hacer autoestop. Así que me llevé una grata sorpresa cuando recibí una invitación para que me presentara en una dirección de Praga para tomar un vuelo que salía de inmediato con destino al Reino Unido. Más tarde descubrí que habían podido encontrar menos de setecientos cincuenta niños que hubiesen sobrevivido a los campos, así que habían quedado muchas plazas libres. Los aviones que nos iban a llevar eran bombarderos de la Real Fuerza Aérea. Los aparatos habían quedado disponibles una vez que habían traído de vuelta a casa a los pilotos checos que habían volado con ellos durante la guerra.

El tío Hugo me dio una pequeña maleta de cartón desgastada y un antiguo reloj Omega (que todavía guardo) como regalo de despedida. Aparte de mi álbum de fotos y los pocos tesoros de Ústí, no tenía mucho que empaquetar. La dirección donde debía presentarme resultó ser un centro de convalecencia que ya estaba lleno de niños que habían salvado de Terezín. Tuve que pasar la noche allí debido a algún tipo de retraso provocado por una complicación con los aviones.

Finalmente, nos llevaron en bus hasta el aeropuerto de Ruzyně, donde nos subimos a unos bombarderos Lancaster vacíos por dentro. Debía de haber unos diez y yo apenas podía contener la emoción. Nos sentamos en el suelo. Me tocó un sitio bajo el astrodome de plástico, en el centro del avión, pero solo fui capaz de atisbar un pequeño fragmento del cielo que se abría sobre mi cabeza.

A medio camino aterrizamos en los Países Bajos para repostar. Algunas señoras locales nos mostraron su bondad preparando unos refrescos y algo de comer sobre unas mesas plegables, así que debían de haberlas avisado de nuestra llegada de antemano. Rodeé el avión, inspeccionando los alrededores, y recuerdo que me impresionó vastamente el tamaño del tren de aterrizaje. Las ruedas y los neumáticos se alzaban por encima de mí. Recordar el último encuentro que había tenido con un avión –el Junkers trimotor de Sabena en 1938, en el viaje de regreso desde Bélgica– hizo que me fijara en el abrupto crecimiento del tamaño de los aviones que la guerra había traído consigo.

Aterrizamos en la base de las fuerzas aéreas Crosby-on-Eden, en algún lugar cerca de Carlisle, y así finalmente llegué al Reino Unido, tras un aplazamiento de casi siete años lleno de incidentes. Mi primer acto de celebración fue auparme hacia la cúpula de observación del bombardero, rompiendo el cristal del reloj de mi tío en el proceso.

No recuerdo mucho de nuestro recibimiento, más allá de rostros amables, más golosinas, algunas formalidades y mucha espera. Solo había una media docena de muchachos checos –y dos chicas– con algún padre o familiar cercano en el país, entre quizá trescientos niños huérfanos, la mayoría polacos, que no aguardaban ningún reencuentro. Nos iban a transportar a todos a un campo cerca de Windermere, tan pronto como se hubiesen completado los trámites. Ese viaje lo recuerdo con todo lujo de detalles.

A diferencia de los niños más pequeños, que se los llevaron en bus, los chicos mayores tuvimos que subirnos a la parte trasera de un camión cubierto con una lona. La parte de atrás no era más que una plancha unida con bisagras y con el techo de encima abierto hacia la

Acabado de llegar al Reino Unido con mi uniforme checo.

fría llovizna intermitente. Nadie me había advertido de cómo era el tiempo en los veranos ingleses. Debo admitir en este punto que había empezado a fumar después de la liberación, probablemente debido al ofrecimiento generoso por parte de los soldados de sus preciados cigarrillos, que anteriormente habían sido una moneda de cambio valiosa. Lo que es más, a favor de mi instinto de «quien guarda siempre halla», había adquirido una boquilla con la forma de una repugnante pequeña pipa que me permitía fumarme las colillas, incluyendo aquellas que mis amigos habrían descartado. El trayecto de unos cien kilómetros nos llevó por carreteras ondulantes que se parecían a la montaña rusa de un parque de atracciones incluso más que el vuelo turbulento en los Lancaster. No suelo marearme cuando viajo. Lo que me llevó al extremo, creo, fue la cerveza de jengibre, una bebida completamente nueva para mí. Nuestro conductor se detuvo en un *pub* y, actuando como un hombre de lo más amable, quiso darnos un capricho. La cerveza de jengibre fue el resultado de nuestra ignorancia de las bebidas que hay en un *pub* y la falta de comunicación. Lo único que puedo decir es que no la recomiendo acompañada de fumar colillas y zarandearse en la parte trasera de un camión.

Las historias de los huérfanos polacos se han escrito en el libro de Martin Gilbert *The Boys*. Sir Martin desconocía la existencia de nuestro pequeño grupo de muchachos checos (un hecho para nada sorprendente, puesto que desaparecimos de Windermere unos pocos días después de nuestra llegada).

Debo confesar que no conseguí cogerle cariño a ninguno de los niños polacos. He sido completamente honesto a lo largo de todo este relato y debo serlo también en esto. Algunos de los chicos mayores se agenciaban tanta comida que no quedaba suficiente para el resto. También echaban mano de las bicicletas de los lugareños y actuaban como si ese comportamiento fuera una argucia de la que debían estar orgullosos. Nosotros, por supuesto, lo veíamos como un abuso inexcusable de la hospitalidad inglesa, sobre todo porque los locales eran tan confiados que no ataban las bicicletas. Es muy posible que la propaganda nazi en la que los estereotipos raciales se relacionaban con algún tipo de comportamiento en concreto me hubiese dejado extremadamente sensible y por ende aquella situación me pareciera de lo más aberrante. Incluso hoy en día soy incapaz de que no me afecte ver actitudes como esas. Eso no quita la enorme admiración que tengo por cómo esos niños se abrieron paso en el mundo sin la ayuda de unos familiares.

Estoy convencido de que hay un error en la tercera página de mi certificado de registro de extranjero, donde dice: «Permitido aterrizar en Crosby-on-Eden el 17 de agosto de 1945». Esa fecha la escribió a mano el agente de policía de la comisaría de Preston unos días más tarde. Estoy seguro de que llegué al Reino Unido el 14 de agosto, porque el día siguiente fue el día de la victoria sobre Japón, el 15 de agosto de 1945. El motivo por el que estoy tan seguro es que fue prácticamente imposible contactar con mi padre por teléfono o telégrafo, ya que nada ni nadie trabajaba. Se habían declarado oficialmente dos días de fiesta y en la euforia que marcó el final de la Segunda Guerra Mundial ninguna de las centralitas estaba operativa.

Capítulo 13

Mi padre

En cuanto a los campos, Windermere se encasillaba más en la categoría de campamento de verano que de campo de concentración. Creo que se había construido para los trabajadores de las fábricas de aviones durante la guerra. En los días festivos de la victoria sobre Japón, antes de que nuestros padres vinieran a recogernos, nos lo pasamos en grande. Debieron de darnos algunas monedas sueltas, porque mis amigos y yo tuvimos la oportunidad de alquilar unas canoas en el lago Windermere, donde nos divertimos enormemente a pesar de la persistente llovizna.

Mi padre, que por aquel entonces trabajaba como químico en la refinería petrolera de Mánchester y se alojaba como «inquilino» en Worsley, un suburbio de la ciudad, apareció subido en un Bentley que lamentablemente no era de su propiedad. El magnífico vehículo pertenecía y lo conducía una señora de mediana edad de lo más imponente cuya posición se equiparaba con su aspecto, ya que aparte del Bentley estaba claro que tenía suficiente combustible para la ida y venida de

Mánchester a Windermere, algo que en aquellos días decía mucho de su estatus, su importancia o su riqueza. Era la amiga del padre de otro de los chicos checos, un doctor de Mánchester que también fue a recoger a su hijo. Éramos tres los muchachos de Checoslovaquia que teníamos parientes en el área de Mánchester y que hemos seguido siendo buenos amigos desde entonces.[1] Todos teníamos historias diferentes de los campos, pero nos habíamos cruzado ya antes de encontrarnos en Windermere.

Me cuesta encontrar las palabras para describir la expectación y la agitación emocional que me provocó volver a ver a mi padre. Recuerdo que su aspecto me dejó atónito. Me recordaba a un búho, por los círculos oscuros que tenía bajo los ojos. En cierto sentido me sentía muy cercano a él, en algún lugar dentro de aquel extraño estaba el querido padre de mi niñez, el heroico soldado de quien había estado tan orgulloso. Pero casi siete años de separación habían abierto un foso entre nosotros más profundo de lo que se pudiera racionalizar. Echando la vista atrás, ahora veo que el cambio más grande estaba en mi interior, no en el suyo. Después de todo, él tenía cuarenta y siete años, una edad en la que siete años normalmente no comportan grandes cambios. Yo, por otro lado, ya no era un niño, y me había transformado completamente

---

[1] Hago mención a todos ellos en los agradecimientos. Otto y yo coincidimos en Auschwitz, pero solo me conocía como el chico que servía la sopa. Peter era el muchacho que perdió los dedos de los pies, pero no nos presentamos oficialmente hasta el vuelo al Reino Unido.

durante esos años perdidos tras pasar por más tribulaciones de las que la mayoría de la gente experimenta en toda su vida.

Hay un pensamiento que debo disipar desde ya. Sospecho que algunos miembros de mi familia pensaron que mi padre no nos debería haber «abandonado», o que tal vez debería haber ido en nuestro rescate montado sobre su caballo blanco cuando quedó claro que no íbamos a poder salir. La falta de comprensión de las generaciones de la posguerra sobre cómo funcionaban las cosas me resulta extraña, aunque no debería sorprenderme. Si mil personas mueren intentando llevar a cabo un acto heroico, el que tiene la fortuna de sobrevivir por pura suerte es quien registra los hechos, que son los que luego se recuerdan, y así se distorsiona la historia. Puede que sea lo que he estado haciendo en estas páginas, aunque haya intentado evitarlo. Nunca se me pasó por la cabeza, ni pasó por la de mi padre, que su viaje al Reino Unido fuera otra cosa que el necesario primer paso para intentar sacarnos de Checoslovaquia. Ni siquiera pudo alistarse a las fuerzas aliadas debido a la importancia que tenía su trabajo de investigación sobre la sulfonación del petróleo en la refinería de Mánchester para el esfuerzo de la guerra.

Puedo imaginar lo mucho que sufrió cuando se empezaron a filtrar los primeros informes de las atrocidades que habían cometido los nazis. Mi padre nunca fue dado a expresar sus emociones abiertamente, más bien las reprimía del todo. Nunca lo había visto llorar y creía que no era capaz de hacerlo. Lo único que me dijo alguna vez que me dejara entrever su agitación interna fue que a veces era consciente de su apariencia aberrante por la manera en que los demás lo miraban.

Fui escribiendo la crónica de mis vivencias de poco en poco durante los años siguientes. Una de las primeras preguntas que me hizo mi padre fue: «¿Supongo que no hay ninguna esperanza de que...?». Dejó que la pregunta sobre la supervivencia de su esposa, su hijo, su padre y su hermana quedara en el aire, y yo me limité a negar con la cabeza. Basándome simplemente en la improbabilidad, habría estado mal darle cualquier tipo de esperanza. No volvimos a sacar nunca más el tema. Eso creó un tabú enorme, un páramo de recuerdos por el que teníamos que pasar de puntillas. Jamás miramos atrás.

Otro tema que nunca salió a colación, si mal no recuerdo, fue el de volver a Checoslovaquia. En retrospectiva me parece sorprendente, porque sé que algunos de los demás «chicos checos» lo sopesaron seriamente. Pero no nos quedaba nada ni nadie por quien volver, solo recuerdos aterradores. Además, mi padre se había convertido en un anglófilo. Una de las primeras cosas que me dijo fue: «Te sorprenderá la decencia que tienen los ciudadanos de a pie». No tardé en comprenderlo. Puede que todos los hombres sean iguales por nacimiento, pero se puede debatir largo y tendido sobre la decencia de conseguir la democracia mediante la evolución en vez de la revolución (al menos desde 1642), por no haber sido invadidos desde 1066, por tener una extensa familia real y por no necesitar una Gestapo (policía secreta). Todo ello parece haberles conferido a los ingleses un cierto espíritu generoso y confianza en sí mismos.

De lo primero de lo que se encargó mi padre fue de llenarme de comida nutritiva. Como eso ocurrió en los días de racionamiento justo después de que acabara la guerra, decidió que teníamos que vivir en una granja. Mientras hacía todos los preparativos, compartí su alojamiento en Worsley, pero al cabo de poco nos trasladamos a una antigua granja de producción de pavos en medio de la nada. Se llegaba a ella desviándote de la carretera principal y siguiendo un camino estrecho bordeado de setos que se alargaba durante un kilómetro y que cruzaba campos de hierba que proveían pasto para unos pocos caballos y un abultado rebaño de vacas. Con eso estaba claro que no nos faltarían la leche, los huevos y la carne.

La vivienda, sin embargo, resultó ser un choque cultural. Mi habitación, en la esquina más fría de la casa, tenía algunas características que eran completamente nuevas para mí, como por ejemplo un pequeño hogar, un calentador de cama de cobre, un calorífero de cerámica, una jofaina de porcelana y una jarra de agua que se congeló por completo el invierno siguiente. El hogar resultaba tan claramente inefectivo que no habría servido de nada ni siquiera intentar encender el fuego.

También había algo ligeramente turbador en los inquilinos de la granja. El patriarca parecía demasiado mayor y artrítico como para llevar a cabo ningún trabajo arduo. Su hijo, que debía de tener unos veinte años, había sufrido un accidente con una horca que le había dejado el cráneo deformado. Un día de nuestra estancia allí le disparó a una rata que estaba en la cama de matrimonio de sus padres. Aunque solo usó una pistola de fogueo para ese propósito, nos alarmamos al ver cómo trajinaban unas sábanas empapadas de sangre y nos preguntamos si habían matado a alguien. Sea cual sea el problema que tuviera su hermana, parecía requerir cantidades industriales de antiséptico Dettol, a juzgar por el aroma que dejaba en el baño cada vez que lo usaba y que nosotros compartíamos con toda la familia.

El camino que conducía a la granja no tenía iluminación y de noche estaba oscuro como la boca del lobo. Cuando volvía después de la puesta del sol, debía llevar conmigo una linterna para evitar pisar alguna boñiga de vaca. Los caballos del campo adyacente tenían un sentido del humor perverso combinado con la habilidad de moverse sigilosamente, sin hacer ningún ruido. Cuando percibían que me acercaba, estirazaban los morros por la linde del camino y resoplaban sonoramente justo por encima de mi cabeza, haciendo que diera un bote del susto. Es posible que ver a la gente con los pelos como escarpias hiciera que se desternillasen.

Aun así, la granja cumplía su propósito principal. Para desayunar tomaba cada día huevos y beicon o jamón con salsa de manzana. Jamás me acostumbré a comer esa combinación, y separar una cosa de la otra hacía que me retrasara por la mañana, aunque eso era una objeción nimia.

Los fines de semana mi padre y yo dábamos caminatas que duraban todo el día, explorando las glorias del Distrito de los Picos (Peak District). En este aspecto volvimos a las rutinas de las vacaciones de mi niñez, solo que yo ya no era el chiquillo cansado que se quedaba rezagado. Compartíamos el amor por la naturaleza que él me había inculcado cuando era un niño pequeño. A medida que se hacía mayor, les cogió más aprecio a los árboles grandes y se refería a ellos como recuerdos vivos del pasado. No podría definirlo como un abraza-árboles, porque los que tenían un tronco lo bastante pequeño como para rodearlo con los brazos no le resultaban tan interesantes como los gigantes robles, de los que solía decir: «Mira este árbol, ha estado aquí desde antes del descubrimiento de América». Hablábamos durante todo el día sobre temas de lo más variopintos, menos del pasado. Era una relación nueva. Nos habíamos hecho amigos. Buenos amigos.

Capítulo 14

Filosofía natural

Y así, a mediados del año que cumplía dieciocho años, habiendo olvidado por completo cómo escribir (véase mi firma en la página 190), desde el ignominioso fin de mi educación escolar a los doce años, empecé la educación secundaria en un idioma del que solo podía recordar la frase «no delante de los niños». En la misma época mi padre me preguntó qué tipo de carrera quería hacer, y decidí que quería ser periodista. La posibilidad de que me pudieran destinar a lugares exóticos para informar sobre acontecimientos emocionantes me llamaba. Curiosamente, jamás se me ocurrió que pudiera haber algún problema con el idioma.

Mi padre me dijo, con astucia, que cualquier cosa le iba bien, siempre y cuando primero acabara una carrera. El primer objetivo entonces era aprobar los exámenes de acceso a la universidad, para poder acceder a ella tras acabar el año académico. Claramente eso no lo iba a conseguir mediante el sistema escolar normal, ni siquiera aunque admitieran a una anomalía educacional como yo.

La puerta trasera por la que mi padre me coló fue a

través de un instituto en el que impartían estudios empresariales y que se especializaba mayormente en la enseñanza de taquigrafía, pero que también tenía clases de preparación de exámenes destinadas a personas que habían fracasado en obtener el certificado escolar. A excepción de uno o dos alumnos (restos del caos traído por los años de guerra), mis compañeros no eran las estrellas más brillantes del firmamento académico, pero los profesores adoraban mi madurez y mis ganas. Me di cuenta de lo exótico que debía de ser cuando uno de mis nuevos amigos –un muchacho de Lancashire unos dos años menor que yo– comentó lo difícil que debía de haber sido para mí aprender a comer con cuchillo y tenedor.

Una consecuencia de esa atracción por lo desconocido fue que recibía invitaciones frecuentes a fiestas de fin de semana de varias de mis compañeras de clase. A mi padre debieron de saltarle todas las alarmas, porque reaccionó dejándome discretamente un preservativo sobre la repisa de la chimenea, con la advertencia murmurada de que «no estaba preparado para ser abuelo». Por cierto, ese fue el máximo contacto que he tenido con mi padre sobre educación sexual en toda mi vida. Mi padre supuso correctamente que yo sería incapaz de comprar algo así, pero falló estrepitosamente al pensar que lo necesitaría. En aquella época, debido a la falta de contacto social durante los años de guerra, yo era muy vergonzoso, socialmente inepto y tendía a ruborizarme de repente. No fue hasta pasados varios meses cuando dejé de ver a las chicas como criaturas de otra galaxia.

Me gustaría poder decir que tuve que emplearme a

fondo. Eso es algo de lo que cualquiera estaría orgulloso. Pero no sería verdad. Había estado privado de educación durante tanto tiempo que absorbía cualquier información como la tierra reseca absorbe la lluvia. Estaba haciendo lo que más deseaba, y no para aprobar los exámenes, sino para empezar a llenar un pozo sin fondo de curiosidad que había estado tapado durante demasiados años. Desarrollé una hipótesis sacrílega según la cual mi falta de escolarización podría, extrañamente, haber acabado siendo una ventaja, porque nunca me cansaba de aprender. Aquí está la prueba: aunque me perdí la mitad del primer trimestre y tenía el impedimento adicional de tener que aprender inglés, aprobé, tras solo dieciséis semanas de clases, el certificado escolar con distinciones en todas las materias de ciencia, en literatura inglesa, en matemáticas puras y aplicadas y, para sorpresa de nadie, en alemán. Me alabaron en el resto, incluyendo la materia de lengua inglesa.

Quizá debería comentar aquí lo dificultoso que es para un alumno que aún está aprendiendo inglés asistir a representaciones de las obras de Shakespeare. La parte positiva es que la reacción del público te puede indicar, por ejemplo, que «pardiez» ya ha caducado como expresión de exclamación y que «grandísimo impertinente» ha evolucionado, un tanto ilógicamente, a «cabrón». La excepción más sorprendente en mis logros académicos fue el aprobado justito en checo, en el que era fluido. Según mi padre se trató de un acto de venganza por parte del examinador, quien odiaba verse obligado a tener que volver a su patria inminentemente.

Basándome en estas pruebas, no creo que les hagamos ningún favor a nuestros hijos obligándolos a empezar la escolarización a una edad demasiado temprana. Existe el riesgo de que algunos de ellos se desanimen con la escuela y el aprendizaje. Todos empezamos con una curiosidad humana innata y sed de conocimiento, pero creo que se puede llegar a sofocar si hacemos que los niños se sientan obligados. Una vez que les hemos hecho sentir que la educación, que involucra horas de tediosos deberes, es un imperativo para que avancen en sus carreras –en las cuales tenemos un interés particular–, la alegría de aprender puede que se pierda para siempre.

Si es verdad que nadie olvida a un profesor que le inspire, debe ser porque no abundan. Me encontré solo con un profesor así en todos mis años como estudiante universitario. Sucedió tras un descuido de mi padre, o por su irracional fe en mis habilidades. Creo que quería que estudiara química. Le motivaba en parte, supongo, el deseo de que siguiera sus pasos, y también la ambición de que me casara, a su debido tiempo, con la hija del presidente de la Imperial Chemical Industries, o la de cualquier otro barón de la industria química. Lo que sigue es la historia de cómo fracasé en ambas metas y me convertí en físico. La química, en la década de los cincuenta, en concreto la química orgánica, se apoyaba en gran medida en tener buena memoria y, teniendo en cuenta los vacíos amnésicos que tenía en el subconsciente y que no quería desenterrar, empecé a optar por comprender más que memorizar.

El desliz de mi padre fue que me inscribió tanto para

matemáticas como para matemáticas aplicadas, una asignatura más de las requeridas para el examen de acceso a la universidad (mis dos lenguas extranjeras eran otro extra). Cuando descubrimos que el precario instituto de empresariales al que iba no tenía a nadie capacitado para enseñarme matemáticas aplicadas, mi padre me apuntó a clases adicionales nocturnas en lo que era el instituto técnico Bolton. Allí caí bajo el embrujo de un joven profesor de matemáticas que entendía y comprendía su materia de verdad. Llevaba el bolsillo lleno de lápices bien afilados y podía dibujar un círculo perfecto a mano alzada. Las matemáticas, la mecánica, la hidrostática y las propiedades de la materia, explicadas por él, tenían un sentido tan perfecto y obvio que nunca tuve la necesidad de memorizar nada.

No me había cruzado con el álgebra ni los números negativos, pero al cabo de poco empecé a indagar. Recuerdo una ocasión en la que me picó la curiosidad la cuestión de cuántas carreteras se podían construir entre un número arbitrario de ciudades. Tras haber deducido la ecuación, me sorprendió comprobar que el número de carreteras permanecía positivo mientras que había algunos negativos para las ciudades. Es más, podías tener una carretera que se uniera con una ciudad negativa. Para honrarle eternamente, mi profesor no se rio cuando le pregunté qué significaba eso... ¡Se estaba tomando en serio mis juegos!

Todo esto condujo a un punto de inflexión en mi vida. Allí se abría un mundo infinito de calma y profundidad, totalmente separado del bullicio de las emociones humanas, en las que se podían desenterrar verdades insondables sobre la naturaleza mediante simples experimentos y matemáticas. Ese mundo ofrecía una infinita visión de acertijos cósmicos: un mundo de lógica y belleza, donde las emociones y el sufrimiento eran, por suerte, completamente irrelevantes. Quizás incluso podía ganarme la vida modestamente intentando resolver los rompecabezas interpuestos por la providencia, casi como si fuera una actividad religiosa. Había encontrado el camino a la salvación que me apartaría del caos de mi infancia.

No pude acceder a la universidad de inmediato con mi inexistente expediente académico. Además, creo que el gobierno había impuesto en las universidades una cuota obligatoria de personal retirado del servicio activo después de la guerra. Afortunadamente, la Universidad de Londres tenía una política liberal de aceptar estudiantes que no reunieran todos los requisitos académicos. Me inscribí en el South West Essex Technical College, en Walthamstow, primero para cursar una licenciatura en ciencias generales para especializarme un año después en física. Tras el primer año y un exhaustivo interrogatorio de parte del comité educativo de Chelmsford, el consejo del condado de Essex me otorgó una beca de manutención.

Al mismo tiempo mi padre acabó tarifando con la refinería de Mánchester, creo que por algunos derechos de unas patentes, y pasó a trabajar como químico jefe de una empresa recién fundada en Harlow. Allí estableció un nuevo laboratorio en un parque industrial con el objetivo de generar nuevos productos para la industria alimentaria y adhesivos. Cuando el tiempo me lo permitía, tenía carta blanca para jugar por el laboratorio nuevo. El dueño de la empresa compró Rowneybury House, en Sawbridgeworth, y le cedió a mi padre un bungaló, que debía de haber sido la cabaña del conserje, para que viviéramos los dos.

Todo esto tardó mucho tiempo en gestionarse y, entre tanto, mi padre y yo nos mudamos muchas veces, de una casa para huéspedes a otra en las áreas de Woodford y Wanstead. Tenía que coger el transporte público para ir a la universidad entre semana, pero la lejanía nos abrió la posibilidad de disfrutar de los deleites del bosque de Epping durante nuestros paseos del fin de semana. Estos solían durar todo el día. Partíamos por la mañana con unos sándwiches y andábamos hasta la puesta del sol, restableciendo un ritual de mi infancia de lo más apreciado.

Mi padre jamás se cansó de oírme hablar sobre los nuevos conocimientos que adquiría de física, y me pasé muchas horas intentando compartir con él unas percepciones tan emocionantes como, por ejemplo, cómo con unos pocos fragmentos de cristal y usando la interferometría se podían medir las distancias usando la pequeña longitud de onda de la luz. O los deslumbrantes esfuerzos de imaginación que requerían la teoría de la relatividad y la teoría cuántica –que van completamente en contra de nuestras experiencias diarias–, iluminando los absolutos fundamentales de nuestro universo. Siempre me escuchaba con un interés genuino y algo de remordimiento por haberse perdido tantos avances durante su juventud. ¿En qué otro campo del saber humano ha habido tamaña explosión de conocimiento en tan solo una generación?

Hubo algunas ventajas sociales inesperadas en el South West Essex Technical College. En el alumnado, los científicos eran una minoría. Nuestra clase de física especial estaba compuesta por siete estudiantes (de los cuales aprobaron dos, y se nos consideraba una promoción prometedora). Conocí a una chica maravillosa que estaba estudiando inglés, francés y geografía y con la que compartí casi sesenta años de mi vida y tres adorables hijos, hasta que murió, dos años después de nuestras bodas de oro.

Después de conocerla, hubo menos paseos de fin de semana y más caminatas después de la cena con mi padre. Le caía bien Jill; creo que no era posible que no fuera así. A los ojos de mi padre, ella tenía solo un defecto mayor: definitivamente no era la hija del presidente de la Imperial Chemical Industries, y, a medida que pasaba más y más tiempo con ella, se preocupaba de que pudiera perder esa oportunidad para siempre. Así que no me convertí en químico (aunque estudié la química que incluía mi licenciatura) y no me casé con una miembro de las altas esferas de la industria química.

Tardé mucho tiempo en darme cuenta, con algo de sorpresa, de que solo un pequeño grupo de personas ven el mundo como yo. Que la mayoría está satisfecha con utilizar teléfonos, relojes, radios y ordenadores sin tener el más mínimo interés sobre cómo funcionan. No tengo ninguna voluntad de hacer proselitismo en este aspecto. De hecho, cuando me hice profesor, siempre les decía a los estudiantes que acudían a mí después de graduarse en busca de consejo que no siguieran por la rama de la investigación. Les aseguraba que significaba tener poco dinero, posponer formar una familia y que, si lo tenían que consultar, entonces probablemente no debían seguir ese camino.

Me crie en un hogar lleno de música y poesía. Durante muchos años seguí escribiéndole poemas a mi padre por su cumpleaños. Todavía me gustan las artes, pero solo para mi propio entretenimiento como espectador. En esto hay una auténtica diferencia entre las humanidades y las ciencias. En ciencia, no hace falta que seas un genio para ser capaz de añadir alguna pequeña porción útil al conocimiento acumulativo y beneficiarte de la gloria de comprender su totalidad; de ahí viene la frase de «ponerse de pie sobre los hombros de un gigante y ver más lejos que ellos». Descubrí que esto no es solo un cliché cuando estaba estudiando para mis exámenes de física. Como no podía confiar en recordar las derivaciones matemáticas de la teoría física, que era una parte importante de nuestros exámenes, siempre cerraba los libros e intentaba deducirlas a partir de primeros principios. Esto tenía tres posibles resultados. La mayoría de las veces me quedaba atascado, tras lo cual la elegancia con la que había abordado el asunto el «gigante» apropiado me llegaba como una revelación indeleble. A veces tenía la satisfacción de llegar a la conclusión por mis propios medios. En muy raras ocasiones ideé una derivación alternativa, un tipo de triunfo especial para un estudiante universitario. Todos estos resultados, sin embargo, me eran profundamente satisfactorios e inolvidables (que precisamente era el objetivo del ejercicio).

Así que me hice físico. La razón principal fue el esplendor abrumador que se obtiene con las revelaciones en esta área de conocimiento, que hacen que todo lo demás parezca una nimiedad en comparación. Aunque no seas capaz de trabajar en la vanguardia, dispones de los medios suficientes como para seguir y comprender. ¿Qué poema se podría comparar con la simpleza de entender que en realidad estamos hechos de polvo de estrellas..., que somos unos verdaderos hijos del universo? ¿Qué otra materia son la lógica, la filosofía, la poesía y la religión, sino un todo en uno? Tomando prestadas las palabras de Kip Thorn: «El increíble poder de la mente humana –que va a trompicones, por callejones sin salida y saltos de conocimiento– es capaz de desentrañar las complejidades de nuestro universo y revelar la máxima simplicidad, la elegancia y la gloriosa belleza de las leyes fundamentales que lo gobiernan».

Mi padre murió al llegar a su nonagésimo año de vida. Había estado presente en las ceremonias de la Royal Society en las que me eligieron para ser miembro y, más tarde, en la condecoración con la medalla Rumford, y creo que esas y otras ocasiones similares lo ayudaron a reconciliarse con el hecho de que hubiese escogido la física en vez de la química. En sus últimos años vivíamos en lados opuestos de Richmond Park y cogía la bicicleta para ir a visitarlo los fines de semana. Paseábamos por el parque, que está lleno de robles ancestrales. He sido un afortunado por haber tenido a mi padre conmigo durante tanto tiempo de mi vida.

Apéndice

Cronología de 1942-1945

25 de diciembre de 1942	De Pardubice a Terezín.
15 de diciembre de 1943	De Terezín a Auschwitz-Birkenau.
7-8 de julio de 1944	Seleccionado para el campo de trabajo forzado y enviado a Blechhammer. Última vez que vi a mi madre y a mi hermano.
10-12 de julio de 1944	Se cierra el *Familienlager* de Auschwitz-Birkenau.
1 de enero de 1945	Empieza la ofensiva rusa. Las fuerzas alemanas se retiran. Toman la decisión de cerrar los campos de Silesia.
21 de enero de 1945	Partimos de Blechhammer en la «marcha de la muerte».[2]

[2] Probablemente ahora se le llama la «marcha de la muerte» porque dispararon a unos ochocientos reclusos que no pudieron seguir el ritmo y los arrojaron a una carreta tirada por un caballo que nos seguía en la retaguardia. Nosotros, los pocos que sobrevivimos a la guerra y la mayoría que pereció en los campos, no usamos ni habríamos entendido los términos «holocausto» o «marcha de la muerte». Estos se acuñaron más tarde, por personas ajenas.

2 de febrero de 1945	Llegamos al campo de concentración de Gross-Rosen.
7 de febrero de 1945	Nos subimos a vagones abiertos con destino a Buchenwald.
10 de febrero de 1945	Llegamos a Buchenwald. Quedan pocos con vida.
11 de abril de 1945	Liberación de Buchenwald.

Agradecimientos

Estas crónicas no habrían visto nunca la luz del día si no fuera por la influencia de un buen número de amigos. En primer lugar, quiero dar las gracias a Bea Green, que fue conductora de Kindertransport, llegó al Reino Unido antes de que estallara la guerra y es una activista que intenta preservar viva la memoria de todos esos sucesos. Fue ella quien me insistió en que les debo dejar a mis hijos y a mis nietos un registro de esta historia, por más desgarradora que sea, porque ellos tienen derecho a saberla. También agradezco a un puñado de amigos y colegas que me pidieron leer lo que había escrito y me alentaron a que lo compartiera con un número de lectores más amplio porque, para mi completo asombro, creían que era una «buena lectura». Entre ellos estoy agradecido de corazón a los doctores James Lawton, Darren Tymens e Ivan Vince, a los profesores Charmian Brinson, Rafael y Deniz Kandiyoti y en particular a otros tres supervivientes de los campos con unas historias bastante diferentes: Peter Frank, Otto Jakubovic (y su esposa Angela) y Frank Bright. Algunos de mis amigos también me ayudaron sobremanera comentándome algunas omisiones y errores, y solo puedo esperar, teniendo en cuenta lo ancianos que nos hemos hecho algunos de nosotros, haber conseguido rectificar la mayoría de ellos.

Quiero darle mi agradecimiento más sincero a Suzanne Bardgett no solo por escribir un prefacio tan emotivo, sino también por favorecer que los «chicos checos» de mi narrativa, sus descendientes y sus familias se conocieran en persona (eran treinta y cinco) en el Museo de la Guerra Imperial en septiembre de 2005. Suzanne lo dispuso todo para el visionado de una película sobre los niños que subían a los bombarderos para viajar al Reino Unido durante el otoño de 1945, preparó un té para media tarde y nos dio la oportunidad de contemplar su magnificente trabajo basado en conservar los recuerdos de nuestras experiencias vividas durante la Segunda Guerra Mundial a la vista del público.

En cuanto a la chaqueta raída de cuero a la que hace alusión y que ahora embellece su exposición, si hubiese un premio para la prenda de vestir más fea del mundo, ganaría. Dudo que se diseñara para llevarla en el exterior; creo que su propósito original era que se la pusieran debajo del uniforme los miembros de la tripulación de vuelo de la Luftwaffe que operaban en altas latitudes con el fin de mantenerlos calientes. El cuerpo principal de la prenda lo conformaba un gran número de pequeños cuadrados de lana hilvanados, dejando el cuero de color blanco crudo en la capa externa. Las mangas estaban unidas a los hombros con unas puntadas poco firmes. Ese diseño pone de manifiesto que se fabricó en una nación pobre en recursos materiales pero bien provista de mano de obra esclava. Lo que la convirtió en un objeto tan preciado, primero para el guardia de Buchenwald y luego para mí –hasta el punto de que me la llevé para el vuelo en el bombardero Lancaster hasta el Reino Unido–, fue su inusitada calidez, y sin lugar a dudas es la ropa interior más caliente que he poseído jamás. Quizá debería mencionar que el guardia de Buchenwald no tuvo ninguna objeción con que me la agenciara, puesto que estaba muerto cuando se la quité, posiblemente a causa de una visita anterior a la mía de parte de mis compañeros prisioneros.

Antes de exponer la chaqueta a la vista pública en mi moto, hice una mejora algo cuestionable a su apariencia exterior de oveja muerta, usando un tinte para zapatos de gamuza de un tono marrón oscuro. Ese es el aspecto que presenta ahora. Mis hijos me recuerdan lavando el coche con ella puesta; tal vez por la vergüenza que les causaba. Estoy seguro de que, en el momento de presentarla al Museo de la Guerra Imperial, lo último que se me iba a ocurrir era escribir mis experiencias de los tiempos bélicos. Sin embargo, fue la primera vez que me vino a la mente la idea de que podía valer la pena preservar para la posteridad algunas cosas que aparentemente eran inútiles, antes de que acabaran acumulando polvo en un baúl, así que quizá en ese instante se había plantado una semillita.

Felix Weinberg
16 de septiembre de 2011

Índice